わがブーメラン　乱帰線

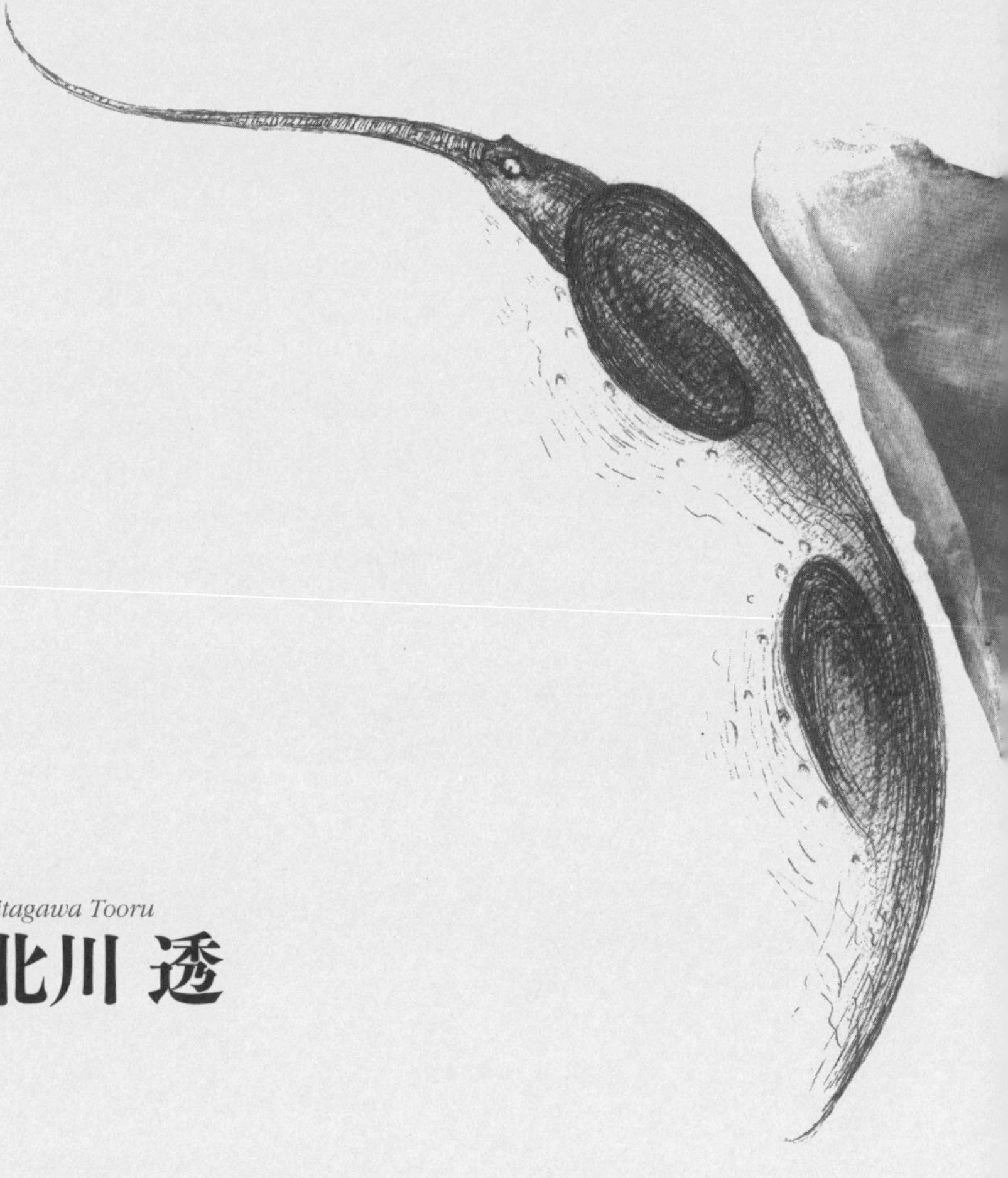

Kitagawa Tooru

北川 透

思潮社

わがブーメラン乱帰線

北川透詩集

思潮社

装画・装幀＝毛利一枝

目次

I

扉を開けよ、不眠の鳥よ

朗読しないための朗読詩の試み

岡山での「大朗読」の会に招かれている。（＊1）
何ヶ月も先のことだったので、すっかり忘れていたが、
もう、十日後に迫っているではないか。
カレンダーが風に揺れている。わたしは取れ立ての鰯のような、
新鮮な詩を朗読しなければならない。（＊2）
さあ、たいへん、わたしに朗読する詩があるか。
屑箱の中はカラッポ。書き損じの紙一枚入っていない。
でも、あわてない。あわてない。
毎晩、寝る前に一行書けば、十日で十行。
毎晩、十行書けば、十日で百行。
毎晩、百行書けば、十日で千行。
毎晩、千行書けば、十日で一万行。
わーい、たやすいことだ。塵も積もれば十万行。
わたしは十日で大詩人？

＊

昨夜は気持ちよく眠れた。
何しろ、十日でわたしは一万行の詩を書く大詩人のはず。
待てよ。一日過ぎたがわたしはまだ一行も書いていない。
詩を一行書くって、身を削る思いなんだ。
それにわたしは人前で自分の詩を朗読したことがない。
詩を書くようになってから、五十年間、絶対隠し通したわが秘密。
それがばれてしまうよ、朗読したら。
わたしは困った。眠れない。眠れない。
本当のことを言おうか。
わたしは男の振りをしているが、男ではない。
詩を書き始めると声が変わる、でも、朗読しなければ分からない。（＊3）
十行ほども詩を書いていると、わたしの胸は次第に膨らんでくる。
罪深い林檎が二つ、やわらかく盛り上がる。
でも、上から押さえつけて、背広を着てしまえば、
誰にも気づかれない……か。三十行ほどもできあがり、

少しいい気持になると、お尻がでかくなり、
身体全体が丸みを帯びてくる。でも、だぶだぶのズボンをはいて、
ふんぞり返っていれば分かりっこない。次に、次に、
五十行ほども詩ができてくると、痩せたことばが気になりだす。
ことばとことばの行間に生えている、
無駄毛やしまりのない鼻孔、突っ張った喉チンコ、
腹部の肥満が我慢ならない。
わたしは少しずつ狂い出す。
大工用工具の入っている箪笥の引き出しから、
鋭利な刃物を持ち出して、贅肉を切り取ったり、
カンナで不恰好な骨を削ったり、
出血を止めるために絆創膏を貼ったり、
包帯したり、骨折部分に添え木したり、眉毛を描いたり、
口紅つけたり、ブラジャーでぶよんに垂れた乳房を引き上げ、
髪を染めたり、腰をきりりと締めつけ、文体を整えるために、
きついコルセットしたり、息も絶え絶え、

七転八倒。痛みと快感の淵をさまよって、
やっと詩らしい形ができてきて、
誰かに読ませたい、聞かせたい。
いい詩だねって褒められたいなどと、
色気を出したら、決定的。口が裂けても言えない恥ずかしさ。
固くまっすぐ天まで伸びる、わが雄々しい尖塔が退化して、
暗い穴、温かいグロッタになる。（＊4）
グロッタのなかでは、心地よいリズムとスイングのジャズ演奏。
でも、鳴り響く音は蓋を被せておけば外に漏れる恐れはない。
そのうちに額から二本の角が突き出てくる。仕方がない。
角隠しの帽子をかむることにしよう。
そして詩がようやく完成に近づくと、
お尻に可愛いシッポが生えてくる。
紅いリボンを付けて、ご主人様にお愛想振りまく、
この卑しいシッポをどうして隠そうか。
聴衆の前で詩の朗読などしたら、わたしの化けの皮が剝げる。

わたしは男の振りをしているが、男ではない。

（ならば、おまえは血のついた硬い殻を、
何枚も何枚も脱ぎ捨てながら、変身を遂げたしなやかな蛇か。
ラッパの口をして、唄なぞうたう男たちをむしゃくしゃ食べた、
縞柄模様の踊るマシンか。真っ赤なスプレーペイントで、
大型トラックや貨車の横っ腹に、未来を呪う文字を書き付け、
巨大なマフラーをたなびかせて飛んでいった古代の怪鳥か。
童話のように汗ばみ、青い剃刀を子宮に潜ませてセックスする、
魔女的機械か？　おまえは。）
えっ　魔女的機械？……

……それは二十五年前にマンションの二十五階の窓から、
ダイビングして果てた女流詩人のことだろう　　（＊5）

あの魔女的機械はわたしではない。
魔女的機械とは……世界で自分が一番神に近いと思っている歯車と

交わった者……いつも真理以外の軌道を巡ったことがない観覧車と抱擁している者……常に世界最高時速で走っている車輪とセックスする者……四方に放射する後光を背に……すべての信仰を拾い集めて飛来する円盤に犯される者……虹の空を駆け巡る七色のループ……それらすべての円形の物質と交わったり犯されたりした者……あるいは交わったり犯されたりしなくても……想像しただけで気持ちよくなる者……または他人から交わったと見なされた者……または自ら交わったと信じる者……または交わったと言いふらされた者……または交わったという匂いを発散している者……または交わったところを写真やビデオに撮られた者……またはインターネットのホームページで噂を立てられた者……噂を立てられてもいないのにみずから噂をでっち上げた者……自分についての根も葉もない噂を信じてしまった者……または噂に追いかけられて気が狂った者……円形物質とのあることないことの交渉を手記にして売った者……それを読んで共感したり賛同したりした者……それを読んで影響を受けたり憧れたりした者……憧れた者同士が集まって魔女っ子ファンク

ラブを作った者……入会を誘った者誘われた者……彼女たちを統括している……
その最高位の魔女的機械、
魔女っ子仲間のもっとも過激で獰猛なマシンは、
あの夜、人々が見守る中で高層マンションから墜落死した。
あの魔女的機械はわたしではない。
わたしではない証拠に、いまなお生き延びて、
岡山での「大朗読」の会に招かれているではないか。

わたしは上っ面と本性の違う、心弱いいんちきペテン師。
このわが性の秘密。紅いリボンを付けたシッポを、
どうしたら、隠し通せるか。
わたしは眠れない。
「大朗読」の日がおそろしい。

（夕方、団地の奥まったところにある、わたしの家の前の道路がわずかに濡れていることに気づいた。誰かが水をこぼしたのだろうか。しばらく見ていても、乾く気配がない。翌朝、玄関に新聞を取りに行って、まだ、道が濡れているのに気づく。昨夕より、濡れている部分が広がっている。これはアスファルトの下から、水が染み出ているのではないか。推測してみるに、道路のそのあたりは、水道の本管が埋められている。それとわが家に水道を引き込む管のつなぎ目のアスファルトに、工事の際にできた細い割れ目がある。そこから水が染み出ているようだ。わたしは慌てて家に駆け込むと、パソコンにしがみついている夫に、大変よ、家の前の道が水浸しになってる、道路の水道管が破裂しているんか、つなぎ目が外れているんか、あなた見にきてっ、と大声で告げる。何かに憑かれて、夢の中をさまよっている、うつろな眼をした夫は、仕方なしにのそのそ外に出てくる。どこだ。えっ、家の前の道のどこにも、水なんか噴き出していないじゃんか。どっこも濡れていないぜ、とまだ現実に戻っていないような怪訝な声を出す。夫の後ろから、わたしも覗いてみたが、たしかに道路に何の異常もない。どうしたんだろう。たしかに濡れていたあたりを、手で触ってみたが、少しの湿り気もない。人騒がせなことを言うな、と夫はぷりぷり怒り、いまにも倒れそうにふらふらしながら、書斎に入って行った。夜、勤め先から帰ってきた息子に夫が、低い声でお母さんが変だよ、あれは狂ってるぜ、道路の水道管がね……と報告しているのが聞こえる。)

(水道管は本当に破裂していた。きょうの明け方、激しい振動音で目覚めた。外では水道工事のトラックやパワーシャベルが来て、道路を掘り返している。飛び出て、どうしたんですか、と聞くと、ヘルメットを被った工事人が、お宅の前の家の高村光太郎さんから通報があったので来たんですが、水道管が破裂していたんですよ、こんな洪水のように噴き出す前に、お知らせがあるとよかったんですが、しばらく通行止めですね、という。道路には大きな亀裂ができ、そこから激しく水が噴き出している。まるで坂道は突然出現した川のような有様だ。まだ夫は書斎のベッドに一人で寝ている。息子は出勤しているし、嫁は外出していて、家の中には、誰もいない。明け方ではなく、もう、十時を過ぎていた。この頃は、家族ばらばらで、朝食を一緒に取らない。一日中、こんな騒音に悩まされる、と思うと憂鬱だ。うるさくてテレビも点けられない。ぼんやり座って、掘削機の音を聞いているうちに、眠気に襲われた。）

（眠っていたら、あたりは水浸しだった。暗闇のどこからこんなに水が溢れてくるのだろう。天井からも、壁からも、水が降ってくる。テーブルからも、椅子からも、床からも、わたしが横たわっているベッドからも、水が噴き出している。冷蔵庫が開いて製氷室からも水が溢れている。このままではわたしは溺れてしまう。救助を求めなければ……。立ち上がって、暗闇の中、手探りで電話を探す。受話器を取っても発信音がしない。パソコンからも、メモリーからも、水が湧いている。エアコンからは、滝のように水が流れ落ちている。物凄い水の量だ。わたしは歩けない。スリッパは水でぶかぶかだし、わたしの身体からも、水は放射している。眼からも、口からも水が溢れ出す。光はどこからも差してこないので、水は黒々としている。黒い渦。激しい真っ黒な渦巻きに、くるくる巻き込まれる。身体が震える。歯ががちがち鳴り出す。おしっこが止まらない。皮膚の内外の穴という穴は、げぼげぼ吐いている。でも、身体には不思議な浮力があって、げぼげぼ、げぼげぼしながら、流されて行く。家ごと流されているのか、わたしだけが家の外を流されているのか、もう分からない。助けて！　助けて！　と叫ぶけど、げぼげぼ、げぼげぼと言っているだけで、たぶん、声にはなっていない。冷たいよう、寒いよう。たぶん、もう、心臓も止まった。たぶん、もう呼吸もしていない。たぶん、わたしは単なる浮き袋だ。たぶん、わたしはビニール袋や板切れや、鍋や野菜屑や猫の死骸と、上になったり、下になったり、ごっちゃごっちゃぶつかりながら、たぶん、死んでるのに、たぶん、生きている振りをして、たぶん、助けを呼んでいる。げぼげぼ。遠くかすかに光が、げぼげぼ揺れているのが見える。あれは、たぶん、ただの幻だろうね。ここはげぼげぼの中

なのか、げぼげぼの外なのか。げぼげぼ、げぼげぼ、たぶん、わたしも世界も、どこか暗いところに沈んでゆくみたいだよ。〕〕

＊

わたしは眠れない。
毎日、詩を書くと決めてから、きょうで三日目。
スイスの哲学者カール・ヒルティの『眠られぬ夜のために』を読む。
不眠に逆らうな、と書いてある。（＊6）
不眠は精神生活を向上させる、と書いてある。
不眠は人生に最大の宝を得るための、神の賜物だ、とも書いてある。
ヒルティさん。あんたは唯一絶対の神を信じているからいいさ。
わたしは暗がりで目を開いても、
暗い網膜に神様など見えたことがない、不信心、不逞の輩だ。
目の中いっぱいに、ただ、広がる虚空……
夜もなければ朝もなく、ただ、寝返りを打つばかり。

黒い鼠が一匹、ちょろ。
黒い鼠が二匹、ちょろちょろ。
黒い鼠が三匹、ちょろちょろちょろ。
黒い鼠が四匹、ちょろちょろちょろ、ちょろりん。
黒い鼠が五匹　ちょろちょろ、ちょろりん、ちょろちょろりん。
黒い鼠が、黒い鼠が、ちょろりん、ちょろりんちょろちょろりん。
黒い鼠が、黒い鼠が、神の賜物だなんてとんでもない、ああ……。
黒い鼠が、黒い鼠が、白い鋭い歯を剝き出し、
黒い鼠が、黒い鼠が、わめきながら襲い掛かる。
黒い鼠が、群れを成して、わたしの身体の真上に。
黒い鼠が、わたしの耳を、鼻を、咽喉を、踵を齧る。
黒い鼠が、わたしの内臓から湧き出る、寄生虫を齧る。
黒い鼠が、わたしの踏み潰された肝っ玉、どぶ板を齧る。
黒い鼠が、幾重にもひん曲がった筒、飢えた記憶を舐める。

黒い鼠が、打ち返す大波に揺らぐ、わが三角帆を喰いちぎる。

黒い鼠が、わたしの恐怖で変色した骨を、位牌を銜えて走り回る。

黒い鼠が、黒、い鼠にけ、しかけ、る二度、と詩、が書、けな、いよ、うに歌、も歌、えないよ、うに朗、読だっ、てで、きな、いように、あ、いつの口、の中、に黴の生、えた米、糠を泥、いっぱ、いつめ、た革、靴を、突、っ込めや、っちま、えあいつの肺、臓をぶ、くぶく、にふくら、ませ息、ができないようにな、るま、で溺れや、溺、れやっ、ち、まえ黒い鼠、よおま、えが好、きだ、よお、まえ、に溺られいい気持、ちだね、ぇお、まえに犯され、うれ、しいな怠、けるって、遊ぶっ、てい、い、な、い、いいい、いい、いい、いい、いい、いい、いい、い、い、い、い、い、い、い、い、い、い、

＊

無為の日を重ねて四日目。
眠られぬ夜のために、また、神様のことを考えちゃった。
わたしは東アジアの片隅にある小さな島国の、
稲穂の揃う畦道に産み落とされたいびつな卵。
何か素性の分からない生き物の末裔だった。
ひび割れた卵から首を出すと、
わたしの周りには蛭や蝗、泥鰌や鮒、
闇に根を張る毒人参に毛虫じょろじょろ、
不貞腐れた青大将や可愛い子ぶりっ子の小鳥たち、
互いに朝焼けや夕空を映しあう森やため池、
互いに喧嘩したり、相撲を取ったり、盆踊りする大小の山々が、
みんな変てこなカミの顔をして笑っていた。
それはお太鼓叩いて、笛吹いて、　　　　　　　　（＊7）
陽気に舞ったり踊ったり酔い潰れたりするカミサマで、
脅かしたり、罪を咎めたりする、いかめしい神ではなかった。
わたしはヒルティさんのように、

戒律を強い、命令する怖い神と向き合ったことがない。
神は死んだ、とご託宣を垂れたニイチェのように、
長く垂れた大きな耳を軽蔑したことがない。（＊8）
セクシーな弁財天のストリップショーに笑い転げる大黒さんや
でっかい腹をもてあましながらトランペット吹く布袋ちゃん。
七福神はみんな大きなふくよかな耳。
あの大きな耳の中でしか、蜜蜂の養殖はできなかった。
野や山や村々に溢れている福耳のカミ、
ホットケやジゾウのピンクのミミは、
イナゴやキリギリスの佃煮のように摘まんで食べるもの。
不味ければ吐き出せばよかった。
世間から後指さされる悪戯を、
底なし沼が埋まるほど繰り返していた餓鬼どもを、
眺めては謡い、手拍子を取って舞う、
七福神が笑っていた。
集落から集落へ、三河漫才しながら、

お布施を稼いでいた陽気なカミたち。
草木姦淫、魚鳥交合の悪行で逆さに吊るされ、
身を八つ裂きにされてもケッシテ祈らなかった、
あのカッコイイ男は誰だろう。
愛する人たちをむしゃくしゃ食べた、
畜生にも劣る人喰いの罪を犯して、
煮えたぎる地獄の釜にぶち込まれても、
ケッシテケッシテ許しを請わなかった、
あの銅器のような黒い男は誰だろう。
踏み台にされ、利用され、背骨を何本か盗まれても、
妬まない。恨まない。根っからのおバカさん。
誰かが笑っている。誰かが笑っている。
わたしのウソは、ウソつく前にいつもばれているが、
春の野原に転がる欠けた石ころ、はこべの白い花ほどにも、
神のことなど思ったことがないって、
またウソをついた。ウソつき歯車のおまえはどこのどいつだ。

また、誰かが笑った。遠くで笑い転げてる奴がいる。
わたしは眠られない夜に、
神を求め、神と対話などしようとしたことのない、
愚かで貧相な黄色い男だ。いや、間違った。
男の振りをしているが、男か女か分からない。
どこにでもいる、ただのおしゃべり達磨、ウソつきマシンだ。
額に怖ろしい角が生えてきたり、
お尻に可愛いシッポが生えてきたりする秘密を、
どうしてそんな気味のわるいほど楽しいことを、
頭痛や吐き気がするほど気持ちいいことを、愛してもいない神、
あのチイチイモモンガァなどに告白できようか。
そんなわたしに、神が与えてくれる恩寵、詩の女神の竪琴、
インスピレーションが訪れるわけがない。
がちがち歯が鳴るよ。心臓がかちんこに凍ってきたよ。
眠れないわたしを。誰かが笑っている。
今夜も粗末な筵の上にコロコロ転がされて、

それでも詩を求めて、詩に背かれているわたしを。
大笑いしている、あなたはだーれ。
顎が外れるほど笑っている、
おまえは……誰か。

……わたしは笑っちゃあいないよ　脳の渚に響き渡っているのはサイレンだ　真夜中のサイレンだサイレンだ　眼に見えない無人称の悪党　揉み手をして、ぺこぺこしながら凄む　われらの王国のシステム　あの流儀が嫌いだ　何かと言えば平和だ　平和だ　平和だ平和だと合唱する　平和の和毛に覆われた　獣たちの眼を覗きこんで　ぞっとしない？　策略に満ちている彼らの野望　あの細身のスーツ姿の明るく優しいばら色の笑顔　ああ　サイレンだサイレンだ夜中に鳴り止まぬサイレンだサイレンだ　まったく民主主義って気持ちいいねぇ　弱きモノを黙らせ　従わせる最高の仕組みだ　あんたのよく調教されて美しくて気高い平和主義だって　戦争するための狡猾な言い訳だろう　誇り高き戦士　正義に酔っ払っている淫買野郎　あいつらはみんなみんな　いんちきメシアに洗脳され　わが主を崇高なる救い主だと讃え　神輿担いで走り回っている　その裏側で　利権を漁り　殺戮の限りを　強奪の限りを尽くしているではないか　てめぇらが拵えあげた　ご立派な祭壇に額づき　涙を流して祈っている　その横で不貞腐れて　鼻くそほじり　せんずり掻いているのはだーれ　あれはモードだ　ファッションさ　神に身を投げ出した十字軍は　いつでも魔女狩りとセットになった悪魔の味方だったぜ　敬虔な信徒の振りしながら　汚ねぇ商売に現を抜かし騙しあいに明け暮れしている　ああ　真夜中のサイレンだ　サイレンだサイレンだ　ぞろぞろぞろぞろ　出てくるわ　出てくるわ出てくるわ　大きなビルの真っ黒い　共和国や合衆国の　真の教会　世界最大の礼拝堂　その奥の軍需工場や武器庫から　出てくるわ出てくるわ　死の色に染まったビニールシートに包まれ　うやうやしく献上されるお宝の数々が　ああ　なんのおのれが桜かな桜かなってこんなかっこいいセリフいっぺん言ってみたかったけど　やっぱり

今夜も鳴り止まないねぇ　サイレンちゃん　真夜中のサイレンちゃん……

（拝啓　どこかの草葉の陰で笑っている、懐かしき中原中也様へ。今日の時代の真夜中のサイレンは、あなたの正午のサイレンと異なり、空吹く風に響き響きて消えて行かないのです。みっともないねぇ。ごめんなさい。あなたの「正午」から、苦し紛れに倒錯的な盗作をしました。とうとう、あなたの詩も、著作権が切れ、めたらやたらに消費される季節を迎えています。ご同慶の至りです。遠からず、また、賽の河原でお会いしましょう。その時は、サイレンちゃんの話ではなく、可愛くて憎たらしい、いい女のお話が聞きたいですね。どうかいつまでもお元気で。）（＊9）

鏡さん、誰がパトロンなの操り人形の
鏡さん、詩とは魂の姦策。映るもんか
鏡さん鏡さん、甘いことばで騙せても
鏡さん、素肌の思想のあわれなりけり

ボイラーのノイズに目覚めて船が行く
流れには逆らっても流される。難破船
船長！方向が違うよ。祖国なんてない
小さくて横柄な尻オリエンタリズムよ
君は正しいフランス語信ずるから臭い
乱暴がいい私とは一個の他者だなんて
どうでもいい、成り行き任せ放り投げ
糞！打つ手なし万事休すそれが始まり

書く、という崖っぷちから飛び降りる
書く、という死に照らされて道化うた
書く、という自動的記述に、騙された
書く、という淫乱な女に、手を取られ
書く、というのは誰と寝るかの、問題

全速力だ。蟻さん蟻さん、あとがない
つぶされてくだかれている、わが外部
いいな。手を振って別れ、墓地で逢う

私なんてない他者もない空白を抱き春の駅行く
にゃーにゃー鳴いて猫になる人間止めたら怖いものなし
おーい山本くん！　どうしたの、花飾りのついた帽子など被って

＊

昨夜も眠れなかった。
まだ、一行も詩が書けていないのに、五日目の夜がきた。
さすがに眠気が襲ってきて、うつらうつら夢を見る。
ベッドの上に裸の女が寝ている。
女は一人苦しんで赤ん坊を産んでいた。
最初に産まれて来たのは鯰の顔をした烏賊だった。

気持ち悪い、と言って女はそいつを壁にぶっつけた。
次に産まれて来たのは猫の顔した土瓶だった。
化け物め、と言って、女はそいつを床にたたきつけた。
三番目に青蛙が続けてピョコピョンピョコピョン五匹産まれた。
五匹目の蛙は目覚まし時計のようにリーンリリンリンと鳴いた。
四番目に産まれたのは、狐の顔したパソコンだった。
女は臍と繋がっているコードがなかなか切れずに苦しんだ。
五番目に白い紙が次から次へと女の股から排出してくる。
女は故障したプリンター。止めてくれぇ。
ヘルプ！　ヘルプ！
やたらとボタンを押すが止まらない。
女は自分が産んだ真っ白な紙に埋まっていく。
やっとよろよろと立ち上がった産む機械は、
険しい男の顔をしていた。

（〈背筋に白いものが走って飛び起きた。明け方に夢を見た。玄関の方で音がするので出てみると、鋭い不眠の眼と嘴を持った鳥が三羽、すくっと立っている。驚いて悲鳴をあげると、三人は仮面を取った。夫と息子ともう一人は知らない女の人だ。あんた誰？って女の人を指すと、三人は笑い転げる。夫が笑いを止めて言う。ぼくの長年連れ添った妻です。ええ、あなたに妻がいるの？　じゃあ、わたしは誰？　また、三人は笑い転げる。そして、手に持った仮面をまたつける。揃いも揃って瞬きもしない黒い眼、やたらとあたりを突っついている長い嘴。居間に入ると、三人は大きな羽根を広げて休み、わたしの座る場所もない。仕方がないので、羽根を踏んづけて台所に行くと、大勢の同じ顔した女が、烏賊の皮をはいだり、里芋を剝いたり、かいがいしく夕食の支度をしている。レンジの横の檻には、生きた子豚が一匹入っている。彼女たちの一人がそっと檻の扉を開ける。子豚は猛烈な勢いでわたしに襲いかかってきた。押し倒されてもがいているわたしを見て、同じ顔した大勢の女が、また笑い転げている。〉）

（〈怖い夢を見た後は、たいてい死んだ母親が現れる。母はわたしの枕元に立って、彼と別れなさい、と言う。彼には奥さんもあり、子どもも二人いる。彼は定職も持たず、売れない詩やら、小説を書いている。おまえはだまされて、一緒に生活しているけど、年をとったら、彼は奥さんと子どものところに帰っていくよ。おまえは捨てられて、一人ぼっちで老いを迎える。遺産もなければ、住むところもない。早く別れなさい。母は毎回同じことばを繰り返す。もう、母が死んでから七年も過ぎている。墓参りしたこともなければ、思い出してやったこともない。けれど勝手に現れて、説教をした後は、わたしが死んだら、おまえの心配をする者は誰もいないよ、と捨て台詞を残して消える。〉）

あいつの思想など信用するな。
あいつの思想は感覚を濾過した後に残った不溶物だぞよ。

あいつの思想は暗く、嫉妬深く、うぬぼれ屋で、単純明快だ。
あいつは眼で鳥の鳴き声を聞くことができない。
あいつは耳で世界中に鳴り響いている音響を見分けられない。
あいつは皮膚で夢見ることさえできないのだ。
あいつがそんな感覚の欺瞞の上に、
どんな立派な建築物をおっ建てても、
あいつの虚ろな思想は何の意味もないじゃろ…………（嘘つき詩人）

＊

……六日目の朝が来た……雨が降って……庭の地面が柔らかいので……草取りをしていた……その時……向かいの光太郎さんに……神妙な顔をして挨拶される……この度はお気の毒なことでした……お宅のお嬢さんが……自宅前で車に轢かれるなんてね……意識がもどらないって聞きましたが……いかがですか……早くよくなられるといいですね……お嫁さんも事故に巻き込まれたんでしょう……お

怪我はいかがですか……いいえ……あの……その……と言っているうちに……光太郎さんはひとりでしゃべりまくって……ぺこぺこ頭を下げながら……歩いていってしまった……路地の角まで行ったところで……光太郎さんは急に振り返り……お宅の奥様がお亡くなりになってから何年経ちましたかね……お気の毒でした……と言うや……光太郎さんは最敬礼をして……見えなくなった……えっ……家にはまだ女房はいるし……孫娘などいないし……嫁は韓国土産の海苔と高麗人参茶を届けに……実家に行ったまま……まだ帰ってこない……今度……光太郎さんを見つけたら……水道工事のことを聞いてみようか……妻は水道工事にこだわって……毎日……道路に出ると、這いつくばって調べている……

〈〈久しぶりに街に買い物に出る。百貨店の婦人服売り場を出たところで、嫁の奈緒子の後姿を見る。ジーンズに黒のキャミソール姿。年齢より若ぶった姿をしているが、あれは嫁に間違いない。ひどく足を引きずり、男に腕を取られて歩いているが、とても辛そうだ。

男は息子ではない。しかし、二人は親密で奈緒子は男に甘えた振りをしている。二人は百貨店の中の喫茶店「古雅」に入る。室内は極端に暗い照明になっているが、男は奈緒子を抱きかかえるようにして、特に暗い隅の席に座る。わたしは柱の影の近くの席に座る。ごめんね。会えなくて。ナオちゃん、まだ、足治っていないんだろう。右足の骨にひびが入ったぐらいで、死ななくてよかったよ。ほんとよ。死んだらもう会えなくなっちゃうもんね。わたしが入院している間、浮気しなかった?……二人のひそひそ話は続いているが、わたしは喫茶店を出て家に帰る。すでに明かりがついている玄関に、嫁の奈緒子が顔を出し、お母さん、遅くなる時は電話して、ってお願いしているでしょ。心配なんですから、と小言を言う。嫁の服装を見ると、さっき街で見たのと同じキャミソールにジーンズ姿だ。)）

わたしは不眠の目をこすりながら、響灘に面した旅館で、
海を見ていた。毎日、妻がわたしを注視している、
あの赤い目を見ていたら、詩など書いていられない。

それで行く先も告げず、家を出た。梅雨の季節になって、
小雨なのか、濃霧なのか、沖まで煙っている。
そうだ、海の詩を書こう。
眼の前の海を描写すればいいのだから簡単、カンタン。
まず、第一行目はちょっと気取って。
《白い牙で嚙み合う海、揺籠の海、無言の海……》（＊10）
だめだ。ぜんぜんリアリティがない。
悪い現代詩の見本じゃん。もっと海をよく観察しよう。
《海は笑っている。あなたの脳の渚で、
あなたが経験する海は、貧しくちっぽけな海。
だからあなたは海に溺れないでいる……》（＊11）
きみは《脳の渚》だなんて、観念的なこと書いているから、読者に
そっぽ向かれちゃうんだよ。では、趣を変えて。
《そなたの胸は海のやう
おおらかにこそうちあぐる》（＊12）
こら、ごまかすな。それは中原中也の恋愛詩ではないか。盗作もん

だぞ。眠れない夜が続くと、他人の詩が自分の詩のように思えてくるって本当だ。でも、恋愛詩を朗読したら、きっと「大朗読」の会で受けるぜ。耳元で悪魔が囁く。恋しい女をうたえ。大好きな女に恋のソネットを捧げろ！

《おお、愛しのシルヴィ。
　小川のほとりにすわっている、
　可愛い乙女よ》

ばかめ、今度はネルヴァルから盗んできたな。（＊13）

まあ、いいや。でもこの頃の恋愛詩はなぁ。官能的でないとだめだぞ。おまえの魂に商品価値をつけて売ってみろ。エロチックにうたえ。読む者が身も心も蕩けるように、おまえの愛するシルヴィをうたえ。

ああ、魂に値段をつけて売買する、あの性悪なメフィストフェレスがわたしの耳に囁く。（＊14）

おまえが好きなのは、むっちりした生きのいい頬っぺただろう。

もうおまえの四肢五体には、うれしくてぞっとするような、
ワルブルギスの夜の祭りが乗り移ってきているよ。
おまえが一番大事にしている、その手付かずの魂を売れ。
人間なんて面倒臭いものはやめちゃえ。やめちゃえ。

……おう、売ってやるさ。一度と言わず、千回も万回も。
そんなに魂を切り売りすることが気持ちいいなら、
おしゃべりな悪党の腕の中にだって、唐戸魚市場の、（＊15）
大きな俎板の上、切れ味の鋭い刺身包丁の下にだって、
身を投げてやるさ。
シルヴィ、おまえの黒髪に隠れているピンクの耳が好きだ。
わたしに咬ませておくれ。やわやわごきごき。
シルヴィ、おまえのその高慢ちきな鼻が好きだ。
わたしに存分に吸わせておくれ。ちゅうちゅうつるんつるん。
シルヴィ、おまえのそのとんがった嘴が好きだ。
お願いだから、わたしを突っつかんでおくれ。痛い、いたたった。

シルヴィ、おまえのその意地悪な顎が好きだが、
反り返った顎で、ねぇ、ちくりんちくりんちくりん、やるなよ。
シルヴィ、おまえのその見事な鳩胸が好きだ。
その出張った固い胸で何人男が、くっしゅんくっしゅんしたっけ。
シルヴィ、おまえのその巨大な出べソが好きだ。
木魚代わりにそれを叩いてみたい。はぁ、なんまいだー
シルヴィ、シルヴィ、世界が滅亡する涅槃が近づいているよ。
これ以上は危険だ。シルヴィ、わたしに近づかないでおくれ。
いや、近づいておくれ。おまえとわたしの区別がつかないほどに。
醜いがきれい、きれいが醜い、醜いがきれい。
おまえはシルヴィではない、化け猫め。がま蛙め。
三人の魔女がわたしを誘惑する。（＊16）
かまうものか。飛んで行こう。
シルヴィ、おまえの鞭がひゅうひゅうと鳴っているところへ。
わたしを打たないでくれ、打ってくれ。打たないで、打って。
シルヴィ、打たないで、打って。打って。打ちまくって……

わたしは眠れない。シルヴィが怖いから。
わたしは眠れない。シルヴィが詩を書かせないから。
シルヴィが遠ざかると、どこからか、わたしを眠りに誘う歌が聞こえてくる。

みずみずと熟したわたしのサクランボ噛んでもいいけどやわらかに
せかせかと　桜桃噛む　幼さに　手を差し伸べて　ともにねむりぬ
サクランボ　アンドロギュノス　遠い湖に思いを馳せて　溺れてる
溺れてる　サクランボと共に沈みゆけば　遥かな記憶の　水底も紅
暗闇で　叫んでいるのは紅の玉　そんなに押したら　ぺっちゃんこ
二粒　の　小さな魂　の　叫び声まぼろし　の　野　の　扉開きて

逃げ惑うわたしを　どこまで追い詰める　黄色い信号　サクランボ
ど　こ　ま　で　も　桜桃を追えば　点滅　す　獣の眼　赤色の眼
もう少し強く吸ってね　サクランボ　溶けてく身体で感じるこころ
実を分けて　溶　け　る　桜桃口中の　固い種子だけ　舌で回して
まっすぐに　光りがあなたにとどくとき　桜桃色のあいがみちみち
桜桃の紅　う　れ　し　く　て　限りなくあいして久しい夜の桜木
わたくしに　重なる蜜と結び合う　指から　こぼれて　桜桃忌まで
すべすべとすべる桜紙　舐めていく　丸っこい文字によろこび溢れ
くちびるに触れる紅皮のなめらかさ　思えば裸形の　夜が沸き立つ
錯乱よああサフランよランボーよ　地獄の季節に　サクランボ摘み

……誰かが笑っている……笑っているのではないかもしれない……波の音が……桟橋に接岸する小型船の擦れ合う音か……シルヴィはこげ茶色の柔らかいセーターに……ツイードのひだスカートの装いでドアにもたれていた……笑ってるのは誰だろう……まるでボートがシルヴィの横から入ってくるようだった……凄い音響……シルヴィのピアニストのような細いしなやかな手が……横たわるわたしの髪を撫でているのだった……彼女の指がわたしの唇の中に滑り込んできた……吸いたい……しゃぶりたい……でも、わたしの唇は動かなかった……手も足も身体もすべてが硬直した土偶のようだった……沢山のボートがひしめき合って……部屋の中に突入してきそうだ……わたしの頭の横には白い大きなローソクが二本立てられている……灯が揺らいだ……シルヴィの胸の膨らみも揺れる……誰かが笑っている……楽しそうに波が打ち寄せてきている……シルヴィが真っ赤な唇を寄せてきた……わたしの咽喉には……もうシルヴィの熱い舌を嚙む蛇は棲んでいない……シルヴィの重く腫れた瞼……可愛く震える小鼻……その時……ドアが開かれた……無数の矢のような光と共に……何艘もの白いボートが部屋に突入してきた……わたしは黄色に縁取られた一艘のボートに乗せられ……壁を突き破って海上に放り出された……出航!出航!……何処へ……シルヴィの長い髪がなびく……岸壁で手を振っている……シルヴィが笑っている……シルヴィの顔が歪んだ……きらきら光る波たち……潮の流れが笑い声を立てている……ボートは爆音を立てて旋回しつつ……。

*

六日目の夜。
まだ、わたしは家に帰らない。帰れない。
まだ、わたしの詩は一行も書けていない。
空漠とした天上から濃い闇が海面に降りてきて、
ポー、ポー、ポーと気だるく汽笛が鳴る。
高く低く、強く弱く、かすかな光の尾を引いて、
繰り返される汽笛に、目蓋のなかで眠っているものが、

目覚める。ゆっくりと、それが何だと言うのではない。
わたしは幾度もことばを失った。でも、
いま、胸に響いているものは何か。
それがなんだか分からない。真っ暗な響灘。
打ち寄せる波の音。幼い日、
天に登る階段があることを信じた。（＊17）
夜空に輝く光の塔……
すべての包囲を解くマジック、すべての方位を見渡せる高さ……
そんなものはない。そんな幻を信じて、
おまえの体内の真っ赤なインク壺をぶっちゃけるな。
汽笛は鳴っても……、繰り返し鳴ってはいるが、
船は影さえ見せない。詩はノスタルジックな汽笛ではない。
詩は経験のぼろ屑、世界に見捨てられた玩具、
詩は臭い断片の集積、おまえと他者が必死に生きて排泄した経験の、
詩は剽窃、裏切り、ひ弱で卑賤な感覚の綴れ織り、（＊18）
詩は宙吊り、仮死、調子の狂ったコレクション、

詩はことばのチェーンスモーカー、中毒、四肢錯乱……
誰？　心弱き者を脅かす知識をひけらかしているのは。
詩は未知の音楽や垂直のヴィジョンに魅惑されてはいるが、
いかなる神殿にも宮殿にも仕えないはず……
えっ、詩はあの世の声をしている巫女のご託宣なの？
誰かが笑ってる。笑わせるな！　あれは詩人ではない。
単なる詐欺師、騙り屋、詩人なんてどこにもいねぇーや。
ノータリンでカスカスのババちゃんジジちゃん、
ムカシの名前で生きているミューズにおべっかを使うな。
露に濡れた青葉の影から顔をのぞかせる、
ちょっと可愛い妖精たちのたわごとだったら楽しいが……
詩はシステム・キッチンで調理される料理ではない。
詩は美しい国とかの冠をかぶった、政治家たちの召使ではない。
詩はホームヘルパーが配給する癒しではない。
きょうも響灘に汽笛は鳴っているが、繰り返し鳴っているが、
聞こうとしない耳には聞こえない、

かすかな雨垂れのリズム……

((……大勢の群集が溢れていた。彼と腕を組んで歩いていたのに、いつのまにかはぐれたらしい。人込みに押されたり、掻き分けて泳ぐように進んだりしている内に、運河沿いに出た。ここは上海の外灘かも知れない。すると運河は黄浦江だ。たしかに対岸には東方明珠塔、つまりテレビ塔が立ち、わたしの歩いている横には、植民地時代のヨーロッパの高層建築が豪華さを競っている。時計塔が目印の上海税関、丸いドームは上海市人民政府の建物だ。すべてライトアップされて、夜とは思えない明るさである。なぜ、わたし一人がこんなところを歩いているのだろう。ずっと私服に付きまとわれていたから、彼はわき道に逸れた途端に、連行されたのかもしれない。ロンドンバスのような赤い二階バスが、のろのろ人を掻き分けながら走っている。覗いてみると、客席に坐っているのはカンガルーとか、ライオン、猿、カモシカ、縞馬たちだ。彼等は窮屈そうに、しかし、行儀よく坐っている。キリンなどはバスの天井から首を出して、あちこち見回している。曲がり角では、高杉晋作のような日本人が、和服姿で肩を怒らせて歩いている。いかにも偽物のガス灯の下では露店がひしめき合っていて、アイスクリーム屋さん。ケーキ屋さん。焼肉や餃子の店もあれば、絹のチャイナドレスを吊るしている洋服店もある。小鳥屋ではカナリヤも売っている。蛇だって、鼬だって、蠍だって売っている。埃だらけの毛沢東の肖像画も売ってますねぇ。バーではアメリカ人向きに、ディキシーランド・ジャズを演奏している。泡を吹き出した特大のジョッキにシロップ、苦い苦いビールだ。クーニャンが黒人の大男の首にぶら下がって踊っている。ジャズに耳を澄ましながら見とれていると、左右からふっと腕を取られる。サングラスした男たちに囲まれる。周りの賑やかな光景が、濃い霧に消されるように見えなくなる。一度にたくさんの手が、わたしの胸や股座の中に入ってくる。物音一つしない。わたしは彼とはぐれてから、きっと、こうなることを期待して歩いていた。口に手ぬぐいを入れられる。スカートを毟り取られて、頭に被せられる。抱きかかえられる。解体物処理場に運ばれる。））

＊

夢にうなされて目が覚めた。
たしか七日目の朝だろう。
詩らしきものを書いては消し、書いては消している。
詩らしくても詩にならないのは、次から次へと湧き出ることばが、
魚の骨汁や人糞や牛の唾液にまみれているからだろう。
それは皮膚の細かい穴から出る感情でぬるぬるしている。
それは細長く円筒状に伸びる頭のなかでがんがん響いている。
もう、うんざり。けっこう毛だらけ、トゲだらけ。
それは前脚の折れた馬みたいに尻尾を振っている。
樹枝状に分かれたその空洞を針千本が泳いで通る。
気管支が破裂しそうだ。
痙攣、嘔吐、ことばは尿毒症にかかっている。

……家に帰った日の夕方……海岸沿いの国道を散歩する……車の往来が激しいが……片側に歩道がある……海峡を沢山の外国船が行き交っている……それと競いながら歩いている……きょうは潮が沖まで引いている……ふだんは見慣れない岩場がずっと露出している……そこに大きな樽のようなものが打ち上げられている……何だろう……道路の高い岸壁から恐る恐る降りる……辺りは薄暗くなっている……何に使ったものだろう……一人の男が充分入るくらいの大きさの木の樽……上辺の蓋の部分の隙間から覗いてみる……中に男の死体が見える……慌てて引き返し……岸壁を攀じ登り……国道から携帯電話で警察署に連絡する……十分もしないで……パトカー二台が到着……制服の警察官……私服の刑事らしい男……四人ほどを案内しながら……樽のところまで行く……私服は樽の蓋を力ずくでこじ開ける……その中を懐中電灯で照らす……こいつ死んでないぞ……生きてる……密航者かも……わたしも覗く……男はぐったりし

て意識がない……生きている……死んではいない……刑事に触れてぴくぴく動く……玄界灘を樽に入ったまま密航できるわけがない……海峡通航中に……密航船から突き落とされたか……樽から引き出された男……急に元気になって飛び跳ねている……パトカーまで運ばれる……樽も岸まで運ばれて……ロープで固定される……国道の片側に車がいっぱい停まっている……人だかりしている……いつの間にか……わたしの両手に手錠がはめられている……サラミタルラヨ……サラミ……タルラヨタルラヨ……と言っても日本語が出てこない……どこから来たか……日本語分かるだろう……刑事が脇腹を小突く……樽の中の男は……後部座席で声を潜めて笑っている……おまえ日本人だろう……日本語を使え……刑事ががなりたてる……サラミタルラヨ……サラミタルラヨ……日本語が発音できないでまごまごしている……くらい倉庫の前で引き摺り降ろされる……昔……強制連行された朝鮮人が留め置かれた倉庫だ……重い扉を開ける……暗闇の粗壁の部屋に放り込まれる……黒い顔をした男たちが肩を寄せ合ってひしめいている……一斉にわたしのほうを向く……

サラミタルラヨ……

どんな歴史も消されることはないが……消されている。
どんな詩句も葬られることはないが……葬られている。

（下村情報局総裁談）

敵米英は最近頓に空襲を激化し一方本土上陸の作戦準備を進めつゝあり、是に対し我陸海空の精鋭は之が邀撃の戦勢を整へ、今や全軍特攻の旺盛なる闘志を以て一挙驕敵を撃砕すべく満を持しつゝある、この間に在つて国民挙げてよく暴虐なる敵の爆撃に堪へつゝ義勇公に奉ずる精神を以て驀進しつゝあることは誠に感激に堪へざるところであるが、敵米英は最近新たに発明せる新型爆弾を使用して人類歴史上嘗て見ざる残虐無道なる惨害を一般無辜の老幼婦女子に与へるに至つた、昨九日には中立関係にありしソ聯が敵側の戦列に加はり一方的な宣言の後我に攻撃を加ふるに至つたのである、我が軍固より直ちにこれを邀へて容易に敵の進攻を許さざるも今や真に最悪の状態に立ち至つたことを認めざるを得ない、正しく国体を護持し民族の名誉を保持せんとする最後の一線を守るため政府は固より最善の努力をなしつゝあるが、一億国民に在りても国体の護持の為には凡ゆる困難を克服して行くことを期待する……（＊19）

……あの敗亡の一九四五年夏……小学校の教室……女先生は泣きべそかいて……幼いわたしたちの心を……みずからの手を使って墨で塗りつぶすことを命じた……わたしたちがひるんでいると……みずから口の中に手を突っ込んで……臭くて醜い肉の塊を引っ張り出した……これが心というものよ……女先生はそれを針金で巻いて黒板に吊るし……真っ黒に墨を塗った……さあ……今度はあなたたちの番ね……あなたたちも進んで墨を塗るのよ……と言って……涙眼でわたしたちを睨んだ……女先生は汚い爪が長く伸びた手を前に突き出し……わたしを指した……指されたのはわたしではない……わたしではない……わたしではない……

誰かが笑った。
それがどうした、と言うのではないが、
また、誰かが笑っている。

*

「大朗読」の日が近づいている。
朗読って、詩の不可能を証明するために朗読するの?
それとも、朗読の不可能を証明するために朗読するの?
声を出して読んでみる。
小さな声で。次第に声を大きくして。
わたしの声ではない。
そ・れ・は・わ・た・し・の・声・で・は・あ・り・ま・せ・ぬ。
金属的なバイブレーションのかかった誰か知らない人の声。
どこかで遠くで複製された機械の声。
鬱々とした、狂った女の声……

……いったい誰があんたに詩を書くことを教えたの？
わたしは従順で無力なわが娘を転がしながら、何度も責めた。
娘にとっても、わたしにとっても忘れられないあの夜。
わたしに背いて、知らない男とあんたは寝た。
それが憎いのではない。わたしにはウソを突き通して、
詩の中だけに本当の事を書いた。
あんたはオトコとヤッタだけじゃないのよ。詩とヤッタ。
それが許せない。わたしにはいつもウソばっかり。
わたしは張り手を食らわして、娘を突き飛ばした。
わが子の細い首に犬の首輪をはめ、部屋中を引っ張り回した。
そして、犬畜生の咽喉に手をかけた。
苦しむ娘を見てわたしはなぜか笑えて来た。なぜか愉快だった。
その時、あんたは突然、わたしの手を振り解き、
泣き叫びながら、わたしに襲い掛かってきた。
こどもだと思っていたあんたは、いつのまにかオンナだった。

わたしはうろたえ、あんたの鋭い爪の下で、
獣に犯されるのを待つ少女のように、
小さく縮こまっておびえていた。
あんたの両手で首を絞められ、わたしはゆっくり死んでいった。
あの夜の光景をあんたは何度も何度も詩に書いたね。
オトコに犯され、詩を侵し、二重に快楽を昇りつめた。
その中でわたしは八つ裂きにされ、笑いものにされた。
もう、たくさんだよ。
これからはあんたが詩を書くことを、絶対に許さないからね。
あんたをオンナにした、あのバカな男も、
あんたに詩を書くことを教えた、あの禿げた死神も。
許さない。許さない。許さない。決して。
あんたが詩を書くなら、もうわたしはあんたの母でもないし、
あんたはわたしの娘でもない……
裏切ったら今度こそ、あんたはわたしに殺される。

詩って何だろう。詩人って誰のことだろう。

誰かが先ほどから笑っている。

詩は教科書に載れば……死ぬ死……哲学者が語れば……屁理屈になる死……宗教者が引用すれば……説教か念仏になる死……小説家が書けば……猫の餌になる死……美辞麗句で飾り立てれば……薄命だ死……散歩させれば……行方不明になっちゃう死……町起こしに役立てれば……ドブ掃除の箒になる死……戦争に持ち込めば……人殺しの弾丸になる死……平和のために使えば……純潔飴になる死……革命に奉仕させれば……ギロチンにもなる死……ギロチンにも掛けられて死ぬ死……

詩はチベット文字ではない。詩に完成を求めるな。（＊20）

何度、沙漠に反乱が起こっても、石はパンに変わらず、
ゴキブリはライオンに化けない。

それがどうした、と言うのではないが、
誰かが笑っている。誰かがずっとずっと笑い続けている。

バカめ！　詩人は祖国のためにも、真理のためにも戦わない。

美のためにも、善や悪のためにも、
あの腹黒ぃ正義のためにも奉仕しなぃ。
詩人はリボンの騎士でも鞍馬天狗でもなぃ。
詩はこの世の内でも外でも、中心でも周縁でもなぃ。
詩は死ではなぃし、師ではなぃし、詞ではなぃし、
志ではなぃし、士ではなぃし、詩でもなーぃ。
シ、シ、詩なんて、この世に存在しなーぃ、と言ってしまった。
言ってしまっていいのかなぁ。
おまえさん、四四の十六にもなってな。
そんなぁ四角四面なことばっかり考えとったら、
ええ嫁さんは見つからんぞなって、
むかし、おばあちゃんが教えてくれたのに。
おばあちゃん、ごめんな。詩は誰とも結婚しないんよ。
詩はシ、シ、シ、ウシシシシのシなの?
分かんないかな。
詩はシッ、シッ、シッ、シィーッではないって。

＊

きょうは六月二十日。

詩はカチンカチンと硬い音を立てて遠ざかるばかり。

こんな時に、窓に一羽のカラスが飛んできて、
奇妙な声で鳴きました。

カフカカフカ、上から読んでも、下から読んでも、
なぜカフカ？

（山本山という十両の力士がいること知ってる？）

……はい……わたしは二十世紀駄洒落の森からやってまいりました……フラフラ・カフカと申します……あなた様が……詩を書くのに……他人様の厄介にはなりたくねぇ……とおっしゃるのも……ごもっともですが……上から読んでも下から読んでもなぜカフカは……他人ではございませんので……それならなお嫌だとダダをこねられましても……はいはい……ちょっとお手伝いに……カフカはです

ね……みずから好んでフラフラ出てきたのではございませんので……元はと言えば……あなた様の奥様が……デパートの高級下着売り場で……万引きされたのでして……万引き担当の警備員に裏の事務所に引きずりこまれ……立ち会ったあなた様が……頑として否定されるものだから……監視カメラに写っているから確かだと……奥様は裸にされ……薄いスリップ一枚と……Tバックのショーツという……お恥ずかしい姿で……いいえいいえ……それはグレゴールの妹のグレーテのことでして……話せば長くなりますが……あなた様が……まだ若い頃……グレーテにいたく同情されまして……婚姻関係を結んでおられたのですよ……ええ……ええ……今は昔……二十世紀においては……強い同情はすべて婚姻関係に至りましたものでして……グレーテも……兄グレゴールが毒虫になったからといって……父ザムザ氏に階段から蹴落とされて死んだ後……はい……健気にも……ごみ収集の分別に従い……燃えるゴミのピンクのビニール袋に……干からびた兄の毒虫を入れて捨てたのでした……その後……公園の木立の影や雑草の茂み……街の路地裏やマンションの階段の

踊り場など……暖かい日差しがいっぱい差しこんでいる場所に……グレゴールの顔をした毒虫が……わんさわんさと発生する妄想に悩んで……躁鬱病で臥せっているグレーテに……同情したあなたは……パソコンのメールで結婚を申し込み……ザムザ氏が死んだ一周忌に……めでたく結ばれたのでした……でも……すっかり僻み根性が身についたグレーテは……同情は愛ではない……この結婚は欺瞞だとふさぎ込み……憂さ晴らしに万引きを重ねるようになったのでしょう……ああ……なんてこった……兄は毒虫……妹は万引き常習犯……すべては上から読んでも下から読んでもなぜカフカの物語が……決しておしまいにならない物語であること……深い罪と罰が仕組まれていたのですが……でも……そんなにあなたが怒鳴らなくてもいいことですのに……それはわたしに起源があるのでして……今後、当百貨店にて二度と万引きをしないことをお誓いいたします……というグレーテの署名の横に……あなた様の印鑑も押してございます……本当は……奥様ではなく……あなたが万引き魔なのでは？と……また……カラスが鳴いていますよ……

真実の道は一本の綱の上を通っていく。その綱は空中ではなく、地面すれすれに張られており、通らすよりも、むしろつまずかせるためにあるらしい。（＊21）

……あなた様にとって……カラスの告げる真実の道とは……詩を書くことでしょうか……書かないことでしょうか……一本の綱が無数に分裂する……その地面すれすれに張られた魚網のように……絡まりねじれた無数の問いに……あなたの詩は……無残につまずいたり……転んでばかり……

＊

海辺の旅館で、変なカラスの鳴き声に眠れない夜が続き、
もう何日目か分からない。
わたしは詩を書くことをあきらめ、

漁師さんの家で一艘の小舟を借りた。
わたしが生まれ、育ったのは三河湾沿いの貧しい村だった。
その頃、村の百姓の家はべカと呼ぶ川舟を持っていた。
わたしも子供の頃からそれを操って川を下り、
穏やかな三河湾に出ると釣りや泳ぎに興じた。
わたしは小学生になった時、すでに竿も艪も自由に使えた。
しかし、ここは日本海。波静かな三河湾ではない。
いまは穏やかだが、何時、気象が急変し、
垂れ下がる黒い雲が、逆巻く波を吸い上げるかもしれない。
それでもわたしは一人で艪を漕ぎ、沖に乗り出した。
濃霧の中、直ぐに潮に流され、方角を見失った。
これまでも、いつだってわたしは無謀だった。
小学生の時、三河湾に漕ぎ出し、伊良湖岬の沖まで流された。
貨物船に救助されなければ、
太平洋の荒波に飲み込まれていただろう。
その時からきょうまで、わたしはいつも巨大な風力に抗い、

歴史という見えない海坊主の、無数の手に逆らっただけ、
余計に凶暴な渦潮に巻き込まれて、
自分を見失った。漂流する一枚の舟板にさえ見放され、
わたしはどこに消えてしまったのだろう。
絶対に見つからない遭難者のわたしを探し出す、
人食い鮫の餌食になった溺死者のわたしを探し出す、
そんな徒労に耐えるように、わたしは詩を書いてきたが、
もう、わたしには一篇の詩を書く力もない。
小舟を漕いで、潮流を乗り切る、あの少年の野蛮な力も失われた。

わたしは艪を捨て……
小舟の縁に凭れて……
深い眠りに落ちた……

((わたしのたった一人の姉から電話があった。わたしたちは八つ

違いの姉妹だった。一人息子の夏樹が死んだ、と言う。病死とも交通事故とも言わない。聞くのがはばかれる気配があったので、葬儀の予定だけを聞くと、二日後の午前十時、村の日輪寺で内輪に行う、と言う。明朝、新幹線で出かけることだけを伝える。）

（真夏の季節。十数年ぶりに、愛知県西三河の山間部にある故郷に帰った。いっそう、過疎化が進んでいて、かつては二百軒位あった家が今は、二十軒くらいしかない。人気のない廃屋が、渓谷沿いの県道に軒を連ねているが、さすがにここは涼しい微風が吹いている。実家に到着したが、ひっそりして葬儀らしい気配はどこからも感じられない。錠がかかっているのか、玄関の戸が開かない。がたがたやっていたら、後ろから、声をかけられた。おばさんじゃないですか。ご無沙汰しています。振り返ると、ジーンズの作業着姿の夏樹が立っている。わたしは驚きのあまり、姉の……、と言ったまま声が出ない。夏樹は麦藁帽子を取ると、ぺこぺこしながら、すみません、連絡もしないで、母の七回忌のお勤めしないといけないんですが、まだ、法事の日も定まらなくてね。この通りの村の様子で、檀家が数軒になっちゃいまして、もうやってけないもんだから、坊主が逃げ出して、日輪寺が廃寺になっちゃったんです。はぁ。わたしはあっけにとられている。彼は、こんなところではなんですから、まぁ、お入り下さい、とレールの錆付いた玄関の戸を、力ずくで開け、中から声をかける。仏壇も簞笥も茶卓も何にもない、がらんとした部屋に通される。やもめ暮らしで何にもできませんが、お茶くらいは直ぐに出せます、と彼は台所に消える。))

((明るい真っ昼間の墓場に入る。死んだのは夏樹なのか姉なのか。あの部屋では、夏樹も身体の輪郭が濃く現れたり、不意に薄くなったり、存在感が感じられなかった。ぼくも町に働きに出ていたので、母ちゃんの死に目にも会わず、最後がどんな風だったかを、よく知らないんですよ、と申し訳なさそうに言う。お墓参りに、同行してくれると言うのを断って、わたしだけ幼い頃の見覚えのある墓地に入った。大きな栴檀の木の幹や小枝に、びっしりと蟬がはりついて鳴いているが、それらは意味のありそうな漢字の形をしている。栴檀の木陰に、柩を乗せる古くからの石台がある。よくその上を見ていたら、ぼんやりと人型が現れ、やがてはっきりした姿が浮き出た。横たわっているのは、薄汚れた野良着の姉だった。彼女の着衣の乱れを直そうとしたら、その皮膚に星型に切られた色紙が、無数に貼られていた。何のおまじないなのか。姉は物憂げに目を開けると両手を差し伸べて、よくおいでたね、とふるさとのことばでわたしを労った。アゲハチョウが二羽、三羽、姉の上を旋回した。果物が腐乱していくような臭いがあたりを立ち込める。わたしが星型の色紙を退けて触ろうとすると、彼女は急にぶるぶる震えだし、少しずつ縮んでゆく。いつのまにか背後に夏樹が来ていて、時々、空気を入れてやらないと消えちゃうんですよ、と言いながら、自転車の空気入れのホースを姉の口に嚙ませる。そして、手に力を入れてポンプを往復させる。口からホースが外れないように、わたしも手助けしていると、不思議に姉が甦ってくる。墓石たちはやわらかになびき始め、わたしも夏樹も、だんだん影が薄くなる。漢字の蟬たちの鳴き声だけがうるさい。」）

どれくらい流されたのだろう。
どれくらい眠っていただろう。
とつぜん、背中を突き上げられて目覚めた。
そこに巨大な抹香鯨の頭があった。
クジラさん、あんた回遊コースを間違えたね、と語りかける。
抹香鯨は薄ら笑いを浮かべて、ぶっきらぼうに答えた。
きみも知ってるだろう、仲間はぐれの鯨は狂暴なんだ。
わたしはあわてて、怒鳴った。
勘違いするな。おれはエイハブ船長でもなければ、
この舟はピークォド号のような捕鯨船でもない。（＊22）
木の葉のような小さな小舟だ。おまえを憎んだこともなければ、
おまえと死力を尽くして戦うつもりもない。
言い終わらないうちに、この狂暴な白鯨の子孫は、

わが小舟に対して強烈な頭突きを一発！　二発！
たまらず小舟は空中に吹っ飛んで真二つ。
わたしは海中に投げ出された。
（「大朗読」の日を前にして、溺れ死ぬわけにはいかないって。）
渾身の力を腕に込めて、一掻き二掻きしているうちに、
抹香鯨のお腹の中に吸い込まれていた。
これではまるで、エホバに試されて暴風の海に放り出され、
あの水めぐりて魂に及ぶヨナの物語を、（＊23）
模倣しているみたいではないか。でも、
祈りを知らないわたしに救いの手は届かない。
鯨の腹の中は、とてつもない精密機械、
ロケットで打ち上げられた人工衛星の胎内のようだ。
わたしはいつのまにか、酸素吸入器を口につけ、
電子計器類の隙間を、重力を失って泳いでいる。
でもここには小窓もなければ、青い地球も見えない。
抹香鯨の呼吸音が、シンセサイザーで演奏された、

バッハのミサ曲のように聞こえるだけだ。

*

……聞こえる。たしかに、聞こえる。

電話が聞こえる。
もしもし、岡山の「大朗読」の加藤健次です。（*24）
北川さんですか。予定通り、明日は来られますね。
岡山駅西改札口で、午後三時、
お待ちしています。

わたしはどこをどうさすらっていたのだろう。
まだ一行の詩も書けていないのに、「大朗読」の日が来てしまった。
わたしは恐怖でぶるぶる震えている。
わたしは十日間で一万行の詩を書いて、
大詩人になるつもりだったのに。

【自註】

＊1　「大朗読――第14回定期朗読会」二〇〇七年六月二十三日（土）十七時～十九時三十分　会場＝「未完成」（岡山駅西口近く）。この時に読んだ朗読詩「眠られぬ夜のために」の試みは、六月十三日より書き始め、十日後の二十二日までに、いちおう書き終えた。「大朗読」では、それをおおよそ、二十五分かけて朗読した。しかし、今回、ここに収めた作品「扉を開けよ、不眠の鳥よ」は、その後、この原型になった朗読詩を、何回かに渡って、加筆し修正したものである。「眠られぬ夜のために」が二八四行に対して、この改稿作品は、自註を別にして千行を越えている。つまり、最初の朗読詩は朗読の不可能に向かって、ひたすら増殖を繰り返したことになる。なお、「眠られぬ夜のために」は、作品の最後に出てくる、加藤健次さんの編集をする雑誌「ドッグマン・スープ」四号（二〇〇八年四月二十五日刊。連絡先086―227―2678）に、朗読した際の原稿そのままの形で掲載されている。先の朗読会について補足すれば、わたしに三十分与えられていたが、最初の五分は中原中也生誕百年にちなんで、中也の話と詩「詩人は辛い」「骨」の二篇を朗読した。

＊2　いわしは死にやすい腐りやすい魚ということで、魚と弱とを組み合わせて作られた和字。漢字のいわしは鰮。

＊3　谷川俊太郎詩画集『旅』（求龍堂、一九六八年）所収「鳥羽1」に《本当の事を云おうか／詩人のふりはしてるが／私は詩人ではない》がある。

＊4　わたしが十九年前まで住んでいた愛知県豊橋市の駅近く、水上ビルの一角に、ジャズ喫茶「グロッタ」があった。店長の小林さんと親交があり、よくジャズを聴きに行ったが、いまもあるかどうか確かめてない。

＊5　北川透詩集『魔女的機械』（弓立社、一九八三年）の詩篇より。

＊6　草間平作・大和邦太郎訳『眠られぬ夜のために』全二冊（岩波文庫）。

＊7　中原中也詩集『在りし日の歌』（角川文庫）所収「六月の雨」より。

＊8　ニイチェ『この人を見よ』「なぜわたしはこんなによい本を書くのか」第二節、（『ツァラトゥストラはかく語った』第二部「救済について」より（『世界文学大系』四二巻、筑摩書房）。

＊9　中原中也詩集『在りし日の歌』（角川文庫）「正午」より。

＊10　北川透作「波打ち際――アフォリズムの稽古8」『現代山口県詩選（二〇〇七年度版）』より。

＊11　右に同じ。

＊12　中原中也詩集『山羊の歌』（角川文庫）所収「みちこ」より。

＊13　「シルヴィ」入沢康夫訳、集英社ギャラリー『世界の文学』第七巻によるが、テキストは詩ではなく小説である。

＊14　ゲーテ（相良守峯訳）『ファウスト（第一部）』（岩波文庫）。

＊15　唐戸魚市場は下関市唐戸にある魚市場。河豚の競りで知られている。

＊16　シェイクスピア（福田恆存訳）『マクベス』（新潮文庫）「第一幕第一場」より。
＊17　アンソロジー『海峡彩景』（下関詩を朗読する会＝峡・一九九六年九月）所収、北川透作「ゆめタワー」より。
＊18　鮎川信夫「「アメリカ」覚書」『荒地詩集』一九五一年版（早川書房）
＊19　「毎日新聞」一九四五年八月十一日朝刊記事より。
＊20　『谷川雁詩集』（国文社）「傳達」より。
＊21　『カフカ小説全集』（白水社）第六巻「アフォリズム集成〈1〉」より。
＊22　ハーマン・メルヴィール、八木敏雄訳『白鯨』（岩波文庫）上下二巻。
＊23　『旧約聖書』「ヨナ書」（日本聖書協会）より。
＊24　「大朗読」の会のメンバー加藤健次さんは、わたしが豊橋で出していた詩と批評誌「あんかるわ」の最後の頃、八三号（一九九〇・十）、八四号（一九九〇・十二、終刊号）に、連載評論「未知と差異」を寄稿してくれた人である。なお、朗読会の当日、詩人の福間健二さんが、映画「岡山の娘」を撮りに来ていた。彼はこの朗読会に合流し、同時にその光景を撮影したことを記録しておく。結果として、わたしもこの映画にわずかばかり出演したことになった。
＊　本篇は「詩論へ1」（首都大学東京・現代詩センター、二〇〇九年三月三十一日）に発表された。なお、この雑誌は非売品である。

Ⅱ　わがブーメラン十篇

落下以後

薄曇りの空　弧を描いて飛ぶブーメラン。
小学校の校庭で横になっていると、
わたしの魂は身体を離れ、
いや、わたしの身体は魂を離れて飛翔した。
空中を旋回すると無様に落下した。
あの時、古びて傾いた校舎の中でひとり蹲り、
わたしは何を求めていたのだろう。
変化はいつも失墜してから生じた。
それからわたしは草叢を這ってばかりいた。
子供らしい声を失った。
腐敗の怖れで硬くなった。
枯れ枝のように乾いて泥を吸った。

神

川の上流から、泳いで下った。
みどり色の蛇のように　細い胴をくねらせながら、
藻が巻きついて、少女のような声で聞いた。
きみは何色？　それとも苦しい？　何という名前なの？
わたしは神だ。川の神のお髭さ。
臍の辺りの魚が答えた。
神のお髭は何センチあるの？
わたしは川を下り続ける。
何だって藻はいつもまといつくのだろう。
何だって藻はいつも聞き続けるのだろう。
ねぇ、きみは帽子欲しくない？
神は野球帽かぶらないの？

自瀆

肉体は一丁の草刈鎌に憧れた。
前夜、夢の中で始めて下着を汚したからだ。
それからしばらくわたしの遠近法が狂った
大きな椋の木の下に、飛び上がり地蔵があった
ヤツが聞いた。おまえ妹とやっただろう。
びっくりして地蔵が飛び上がった。
地蔵が飛び上がると願いがかなう。
妹はいつも汚れているので、好きではなかった。
わたしが好きなのは白いワンピースのマニラ。
マニラはいつも麻のロープをして現れた。
マニラのロープが自然に解けた時、
シーツのように皺寄った妹を犯した。

鼻の潰れた老婆

わたしは空中をぐるぐる回っていた。
老婆が手を伸ばして、捕まえなければ、
わたしは狂っただろう。
おなじひとりぼっちでも、わたしは
まだ、地上を知らないひとりぼっちだった。
空にはわたしをたぶらかし、幻惑する、
無花果の木が無数に生えていた。
甘く熟んだ割れ目から、
赤い性器を覗かせている実を、捥いでは食べ……
わたしの唇は醜く腫れた。
地上で働いている老婆の鼻は、
なぜ潰れていたんだろう。

泥棒

わたしが偽名を使って、
略奪行為を始めたのは、そのころだった。
わたしの中の犯罪者が、
ゆっくり頭をもたげた。
それまでのわたしは、自然の時間から脱線する、
ただのコソドロに過ぎず、
四季の山野を遍歴するだけの魂だった。
ある時、市街地におけるゲリラ戦のように、
とつぜん現れる戦場に遭遇した。
撃たなければ撃たれる、怖い時間に魅せられた。
命より大事なモノを略奪しなければならない。
監視人に必ず射殺される危険な地域へ、
いつのまにか越境していた。

追伸　ある童話

すっかり薄暗くなった矢作川の鉄橋の下に、
ぶら下がっていたのはわたしでした。
上を四両連結の電車が通りました。
翌朝、朝礼に村の巡査が来て校長先生が、
名乗り出なさいと言いました。
あなたたち悪餓鬼三人組がおずおずと出て、
厳しく叱られました。
でも、それは昼の事件でした。
夕闇の鉄橋の下に、ひとりでぶら下がっていたのは、
わたしです。わたしでした。
電車は死のように明るく輝いて、
激しく脈打つ心臓の上を通り過ぎました。
川原の草むらでは蟋蟀が鳴いていました。

民話

八面山という山があった。
八面山は自分が八面山かどうか知りたかった。
しかし、小なりとはいえ、八面山も山だから、
八面山を写すほどの大きな鏡はなかった。
あったとしても、八面山は八面山というほどだから、
八つの面があるはずだった。
八つの面を一度に写す鏡などどこにあろう。
それにもしかしたら、八つの面というのは、
八つに変化する面かもしれない。
朝昼晩に、時の知らせのように変化するのか。
刻々変貌して一瞬といえども、
同じ面をしていないのか。
八面山はわがことながら途方に暮れた。

交換

初めて女と二人っきりで逢ったとき、
死んでくれる?と眼を覗きこまれた。
きみのこと何にも知らないんだから。
じゃぁ持ち物の交換すればいいわよ。
それで時計、靴、服、下着、帽子を、
その場で交換したが、性も身の丈も、
違うので、一切合切が合わなかった。
それで長い時間、痛みを分かち合い、
眼、鼻、唇、心臓、胃、肝臓、乳房、
性器、卵巣と精巣を、順次交換した。
だめよ。身体も魂も全部でなければ。
既に部品交換がおわってるので簡単。
ぴったり抱擁。スルリ入れ替わった。
女は眼を瞑って、わたしは見開いて。

青い腫れ物

十四歳、ぼくはぼくが嫌いだった。
村の男の子たちが誇らかにするように、
青大将を手摑みしたり、
首に巻いたりできなかった。

十四歳、ぼくはぼくが嫌いだった。
頭脳は脆い土の棒。
身体は昆虫みたいに折れ曲がり、
発熱すると、ブーメランのように、
夜空を飛んでいた。

十四歳、ぼくはぼくが嫌いだった。
神社の裏で、マニラと呼ばれた少女と密会した。
血は潮の干満のように、規則的に境内を染めた。

十四歳、ぼくはぼくが死ぬほど嫌いだった。
ときどき、青い腫れ物にさわるように、
くろずんだ爪の伸びた指で、
ぼくはぼくに触れた。

乱回帰

母が小川に跨っておしっこをしていた時、
わたしは子宮の中で[illegible]の流れを聞いていた。
わたしが水音を聞いて甦[illegible]なそのせいだろう。
医者は聴診器をわたしの胸に当てて言った。
もうだめでしょう。心音がこんなに乱れていては。
その時、三十年も前に死んでいる母の
おしっこをしている音が聞こえた。
小川のせせらぎや、井戸水を汲み上げる音も
それでも医者は手の脈拍を取りながら言った
お亡くなりになりました。
周りの家族はみんな安堵して合掌した。
わたしは亡骸から抜け出て、白いドアを開けた
降り注ぐ陽の光を浴び、
緑の芝生の上に濃い影を落として……。

【自註】

＊　十篇のうち、「追伸――ある童話」「民話」「交換」は未発表。「青い腫れ物」は、「TOLTA」四号（二〇〇九年十二月六日）、その他の六篇は、「耳空」一号（二〇〇九年十二月二十五日）に「わがブーメ乱帰線」として発表した。

Ⅲ

「海馬島傳」異文

旅行団

高層の駅の階段から、エスカレーターに乗って、思い思いに荷物を抱えた旅行団が降りてきました。その数、五十名くらいか。彼らの到着を待っていたわたしも、なぜかその一員でした。花粉症の患者がするような大きな黄色いマスクで、顔全体を覆っていることが、同類の証のようでした。彼らが何者か、なぜ、黄色いマスクなのか。なぜ、わたしが彼らを待っていたのか分かりません。駅前は水浸しでした。水嵩はどんどん増していきます。わたしは黄色い骸骨の絵の描かれた旗を持たされ、観光バスのガイドのような黄色い制服を着て、彼らを先導していました。骸骨の絵は裏から見ると、糞尿の沼の中から羽ばたこうとしている鶴のようにも見えます。水嵩はなおも増えて、胸元まで上がってきました。旅行団の中には水没している人もいますが、でも手を取り合い、一列になってわたしの後についてきます。いったいこの洪水は何処で発生したのか。ともかく水流の激しい道なき道を、わたしたちはひたすら脇目もふらず歩いています。一時間、いや一日中、いや一箇月、いや一年間……時間の感覚がありません。夜も昼も、日差しも、月光も、闇も感じず、何も食わず、飲まず、機械仕掛けの操り人形のように歩いていました。何処を目指しているのか、目的は何なのか、何も知らず、何も見えず、ただ水流の中を進んでいるうちに、いつの間にか、海底に入っていたのでしょう。緑や茶色の藻のなびいている、岩の転がるでこぼこした薄暗い迷路を歩いているのでした。どれだけ歩いたか。やがて頭上の水が、大潮のように引いていくと、わたしの先導する旅行団は、徐々に水上に姿を現し、浅瀬の向こうに、細長い馬の背のように浮き上がっている島を目撃しました。その島の中央部には、煙を噴出している小さな瘤のような活火山が見えます。無言の旅行団の一行は、急に奇妙な鳴き声をあげたり、物を叩いたりして、騒々しくなりました。振り返ると、青い波が打ち寄せている渚に、彼らの捨てた黄色いマスクが散乱しているのでした。彼らの色とりどりの衣服が少しも濡れていないのが不思議でした。でも、人間の姿はしていますが、マスクの外された顔は、鋭い嘴の猛禽類や猫科の獣だったり、パンダや狸だったり、魚や俵貝だったり、瓦や井や車のハンドルだったり、一つとして同じものはありません。彼らは賑やかにしゃべっていますが、その音声は動物や鳥の鳴き声か、車の警笛か、鍋を叩いたときに発する騒音でしかないのです。

ウイルス

(この島は特殊なウイルスに満たされている。ウイルスは目に見えない波動として存在する。島内のあらゆるものを産み出し、変容させるばかりか、食い破ったり、衰弱させたり、腐敗させたり、片時も休むことがない。しかし、どんなに脅かされても、島はこのウイルスを追い出せない。破壊分子であろうと、毒素であろうと、危険な電波であろうと、島はウイルスの活動なしでは、生きられないからだ。たとえば、それはさまざまな鋭い切っ先を掛け合わせたことばの骨組みであり、遠い関係にある緊張と弛緩を強引に接着させる悪意であり、荒波を蹴立てて進む玩具の船隊の隠された司令塔でもある。遠くから見ると、島はおそらく胡桃の実のような可愛らしい外見をしているが、内部に硬い核を隠しており、宇宙大に茫洋と広がって行くかとおもうと、掌の中に収まるほど小さくもなる。また、別の角度から見る島の形は、馬の背のように細くなだらかに伸びている。その中央部を突起させている無数の幹状の管の底は、ウイルスを発生させる何層もの堅固にして軟らかな細胞組織になっているらしい。それらは伸縮自在なだけでなく、時間の表層と深層を常に行き来している。このウイルスの誰も見ることのできないアナーキーな活動があってこそ、島の鯨は銀杏の木の瘤から生まれ、樹上で目覚めた猿たちは東の空の真っ赤な朝焼けに変貌する。牝牛の鋭い角の生えた、美しくも険しい暴風雨が到来するのも、ウイルスのせいだった。島を支配するこの微粒子は、物質なのか、精神なのか、未知のエネルギーなのかは定かでないが、島を堅い鋳型にする内外の力を拒む、不穏な活動の根源になっていることはたしかだろう。このウイルスがなぜ存在するのか、どこからきたのか、それは誰にも分からない。）

海馬島商店街

旅行団一行が上陸した、網目状に皺寄った島のいたるところ、便所や売店、脱衣所、古びた旅館などから、島人が溢れ出てきます。さらに倒れたまま放置され、砂に半ば埋もれた巨大な灯台の影や、掌状の葉を生い茂らせた棕櫚の樹木が直立する合間や、赤い茎の蔓草の這う草叢の中、空き地の隅の窪みや無数の溝の中からも、彼らは溢れ出てきます。島の人たちも人間の姿をしていますが、その顔はやはり動物やものの形をしています。変わっているのは、十字架や墓石や小さな鳥居、石の地蔵さんや狛犬の顔をしている奴らがいることです。わたしは黄色い骸骨の旗を担いで、なお先頭に立ち、上陸地点の海水浴場のようなところから、街の中心部に向かう大通りを歩いています。街にはデパートもあれば、コンビニもおしゃれなブティックも、お寿司屋さんや焼肉レストランもあります。お役所のようないかめしい建物も、寺院や学校、劇場や裁判所も見えます。港に面した茶色い煉瓦造りの魚市場からは、早朝から魚を競る勇ましい掛け声が聞こえてきます。しかし、どこかヘンなのは、それらがスクリーンに映った立体映像のように見えることです。俄か造りの芝居のセットのようなもっともらしい風景に囲まれた、ニセモノくさい街の通りを、やはり、その映像の一つであるかも知れないわたしが歩き、その後を、ぞろぞろ旅行団が従い、更に増える一方の見物人たちも合流します。それらはいつのまにか、大きな街頭デモのような行列になっていました。商店街のウィンドーに、彼らもわたしも映っています。先頭を行く黄色い制服の女は、旗手なのか、ガイドなのか。そのわたしの顔は、目も鼻もない、鏡のようにスベスベのノッペラボウでした。次第に誰が洪水を横切り、海底の道を歩いてきた旅行団で、誰が島の住人なのかが分からなくなってきました。性別は服装で一応区別できますが、しかし、大柄な薔薇模様のドレスを着たレトロ趣味の貴婦人が、スカートの裾を捲り上げて、これ見よがしに跳ねているところを見ると、股座から黄色い男根が覗いていました。これでは服装だけで女と決め付けるわけにはいきません。黒い羽織袴を着けて、肩をゆすっている男の胸がはだけたら、そこに巨乳が現れたりします。島の人たちはわれら旅行団を迎えてよほど嬉しいのか、街の中心部の公園広場でワイングラスを傾けて、なんども乾杯を繰り返し、やがてダンスに興じ始めました。

製像機

〈製像機は……と言っても、それは時に、この海馬島について語る語り手自身であったり、正体不明の誰かによって語られる対象であったりする。さらにこれが手に負えないのは、島内のいたる所に設置された監視カメラだったり、重力を失って空中を浮遊している黄色い精液製造機だったり、パン焼き機だったり、最新鋭のコピー機だったり、見えたり、見えなかったり、気ままに変幻してとらえどころがないからだ。それにもかかわらず、製像機の語りは、自らの咽喉内に潜んでいるウイルスによって、完全に操作されている。製像機は生き物なのか、ロボットなのか、拡声器なのか。あるいはひょっとして五十年前に日本海沖に墜落した、旅客機の乗客名簿に記載されていた、あの身元不明のカスタネットなのか。ウイルスは、製像機の機能を麻痺させようとして接近してくる、セキュリティシステムの堅固に腕を組んだ紐状の勢力を、腐食させることができる。その点、ウイルスは沙漠を航行する怪しげな幽霊船に似ている。それは実体でもあり、幻影でもあり、黒蟻の行列でもあり、危険な葡萄状細菌、狂気の微粒子でもある。ウイルスは格子状の秩序も縞目状の電波も嫌いだった。しかも、この幽霊船の積荷は、世界中から収集した、節足人種差別、胴細長爬虫類差別、雌雄生殖器差別、新型トコジラミ差別、鶏姦差別、卵型群船虫差別、紅葉人種差別、長舌性カメレオン差別……などあらゆる差別への憎しみで満たされている。それでさえいまはエスニック料理にされたり、けばけばしく彩られた衣服の原色ファッションになったりして、世界中に配送される。憎悪も差別も、辛味や刺激を利かしたスープの材料として欠かせず、市場で高価に取引されるばかりか、お茶の間の楽しい話題作りに貢献している。爬虫類憎悪や異形の甲殻類憎悪などは、身に纏ったり、高級ホテルの見世物ショーで喝采を受けたり、美術館で鑑賞されたりする。もっとも、難なくセキュリティシステムを越えて侵入して、島内を騒々しく駆け回っている怪しげな生物たちの多くは、まだ、分類されていないし、名づけられてもいない。これからだって、そのすべてを名づけることは不可能だろう。名づけた途端、それはありふれた陶製の器や置物になって、島内のホテルや家家の応接間に飾られてしまうからだ。不覚にも名づけられてしまった陶器類のうち、ありきたりの器物は、ウイルスによって粉みじんに粉砕させられる。そのことを恐れて、彼らは憎悪を感傷の化粧水で薄めた、楽譜通りの歌を必死にうたっている。その哀感を滲ませた歌声には、誰もが一度は心を動かされるだろう。しかし、二度三度聞けば、たいていは死ぬほど退屈な思いをしなくてはならない。）

狂態

三日もすると、旅行団と島人の交流は進み、もはや見分けがつかなくなりました。いたる所で開かれていた歓迎・友好のパーティーで、入り乱れ、踊り狂っているうちに、酔いつぶれる奴も出てきました。取っ組み合いが始まり、殴りあったり、踏みつけたり、馬乗りになったり、パンツをむしり取って、裸の尻を鞭打ったり、お店の看板をはずして振り回したり、煉瓦で頭を砕いたり、あちこちで暴行や輪姦が起こりました。彼らの喚き声で、意味の分かるものは一つもないのに、いつの間にか示し合わせたように、革命だ！　いや、反革命だ！　美しい暴力だ！　フリーター連合独裁だ！　大統領おめかけ軍団をバックネットに吊るし上げよ！　蟹の横這い党書記長を処刑せよ！　軍用機で逃亡するアリンコ司令官を撃ち落せ！納骨所に尻尾を噛まれている愛国狸をぶちのめせ！　ピンクのよだれかけ世襲野郎！　支離滅裂なお説教機械め！　ポエムがなければ、自由主義も民主主義も、単なるファルス、欲求不満の塵埃処理場に過ぎない！　と黄色で書き染めた、一世紀前にどこかで見た記憶のある古い幟旗が、あちこちに林立し始めました。音程がひどく外れて、デカンショ節に限りなく似た、インターナショナルの大合唱が沸き起こりました。それに合わせて、ビルの屋上からするすると綱が降りてきて、おそらく街中の結婚式場から拉致されてきた、モーニングを着た若い男たちや、花嫁姿の数人が、たちまち首に綱を巻かれて、するすると引き上げられました。なんとその顔は愚鈍な狸や、弱々しい羊、汚れた便器、ごみの詰まったアルミ缶などでした。天から降ってきたのは紙吹雪かと思ったら、色とりどりの鶏糞だったり、坂をごろりごろりと転がり落ちていったのは、屍体かと思ったら、ただの岩石だったり、もはや収拾がつかなくなりました。わたしは乱痴気騒ぎの群れのなかで、何度も犯されそうになりました。わたしを襲ってきた奴は、酔っ払い猫や、興奮して下半身裸になった看板人形などでした。人ごみを押したり、掻き分けたりして、ようやく街の通りを突き抜け、川岸に出ました。その細長い川には濃い霧が流れ、遡上してきた海豚やアシカたちが、野犬の群れのような鳴き声をあげていました。わたしは雑踏のなかを、必死に逃げてきたためか、すっかり平衡感覚を失ってふらふらしていました。気がつくと首に綱を巻かれて、川の中央に突き出ている樹の枝に吊り下げられていました。激流が大歓声をあげて、わたしの足元を洗っています。

大鏡

（畳十枚ほどもある翼を操って飛ぶ、幻の大鷲の姿など、誰も見たことがない。しかし、島の高性能なデジタルカメラは、未知のそれを鮮明に撮ることができる。島内の森のどこかに隠されている秘密の工場。そこで運転されている製像機は、このデジタルカメラを内蔵している。そこから霧状に放射されてくるウイルスは、容貌、体型、身長、体重、骨格、恥毛一筋にいたるまで、まったく狂いのない恋人同士の複製を作ることができる。どうやら島には一分一厘同じ模造の恋人たちが、毎夜、愛をささやいている。複製された清潔で完璧な彼女や彼氏は、本物そっくりのしなやかな恋人の姿に恋をし、交接の欲望を抱き、偽の肉体を愛撫しながら、オーガズムに達する。でも、本物って、どこにいるの？　誰か見たことがある？　この島内におけるウイルスたちは、すべての力を融合させて、あの資本主義的な効率とは無縁で、徹底して調子はずれな無力な波動を実現する。それは昔の熱量を保存した馬糞と区別される、複製化した動物たちの新しい排泄物に似ている。この波動に染め上げられている島内の詩人とか、芸術家とか名指される者たちは、誰かに読まれたり、鑑賞されたりすることがあるという意識をまったく保持していない。彼らは自分以外の誰にも、いや自分にも興味や関心を示さない自動書記機械だ。過去のテキストから盗んできたり、公然と引いてきたりした物語やイメージの断片を繋ぎ合わせ、貼り合わせて、荒唐無稽な妄想やイマジネーションを膨らませ、それを書斎の中の大鏡に写して、飽きることなく自慰に耽っている。また、複製の潜水夫たちは光の届かない深海の底まで、当てもなく、理由もなく降りて行こうとする。彼らは鉛の靴も、通気装置も、通信器具も必要としない。彼らの活動のすべては、ウイルスが無限に増殖している、巨大な製像機の内部のシステムに委ねられているからだ。）

美術館

わたしは首に綱を巻かれたまま、川辺にうずくまっていました。寒気でがちがち震えながら、柳の木の生えた川岸を歩いていくと、美術館らしい透明な建物が現れました。近づくと、かすかに笑ったように見えたその建物は、わたしを軟らかく包み込み、第一展示室に送り込みました。そこに掲げられている絵には、空気靴を履いたアメリカ軽業師が、天井歩行しているサーカスが描かれています。しかし、それは絵ではなく、実際にヌードの女軽業師が、天井に足をつけて逆様のままステップを踏んで踊っているのでした。見惚れていると、次第に逆様なのは軽業師ではなく、わたしの方だということに気づきました。首に千切れた綱を巻かれた哀れなわたしは、天井に靴を付着させて歩いているのでした。そのまま第二展示室に入ると、そこは人の頭をした階段の手摺のような何体もの支柱が、垂れ下がった黒幕や赤幕の間を駆け回って、鬼ごっこや隠れん坊をしているのでした。不思議なことに、美術館の外の人間の顔はみんな動物や物体の形をしているのに、館内のオブジェたちは、器物も動物も人の顔をしているのでした。出口付近に掲げられたキャンバスにも、素朴な線だけで描かれた少女の踊る姿がありましたが、顔だけは本物なのでした。彼女は無数の鋭い直線の矢印によって、追われているせいか、全身を象っている頼りなげな線描を震わせて、何かを訴えかけているようですが、声を奪われているのでした。この踊り子が発する必死な視線を振りほどいて、わたしはやっと、第三展示室に駆け込みました。そこでは額縁の中に描かれた豊満な女が、外からスーツ姿の紳士に犯され、屈辱に顔を歪め、悲鳴を上げている絵でした。でも、角度を変えてみると、女は額縁の外にいて、みずから絵の中の男に犯されに行っているようにも見えます。また、二人とも手や足を額縁の外に突き出したまま、お互いを抱えようとして動き、絡まっている胴体だけが、絵の中に彫刻のように固定されているようにも見えます。逃げるように次の展示室に入ったら、そこでは人体を成り立たせている無数の部分、頭と手と足、胸と腰とハートが、ばらばらに切り離されて、床を徘徊したり、空中を浮遊したりしているのでした。断片化した彼らは、それぞれ自分の身体の部分を探し求めているのですが、どうしても合致しないのでした。そして、いつの間にかわたし自身も身体がばらばらになっているのに気づきました。どれがわたしの右手で、どれが左足なのか、くりぬかれてひらひら舞っている沢山の色紙製のハートの、どれがわたしのものなのか、あなたのものなのか。そもそも探しているわたしがどの部分なのかすら、ぼんやりしているのでした。それでも、色だけは微妙な差異のあるハート型の紙片たちが、いかにも詩篇のような振りをして、楽しそうに浮遊している様子は分かるのでした。

骨

（その島には骨塚と呼ばれる小高い丘がある。そこには解体された骨が捨てられているが、骨は骨同士で連帯して生きている。多くの骨の仲間うちで、一番でっかくて不恰好だった骨は、デカ骨と名づけられていた。デカ骨は冷たく刺々しい外気に触れると、妙にギクシャクし始め、上下左右に突っ張り始める。季節ごとに島を襲う、あの猛烈な竜巻の神話化ほど手に負えないものはない。それに巻き込まれると、建物も樹木も生き物も精神までも、がばらばらに解体されてしまう。しかし、それと果敢に戦う地下茎のように、放射状に無数に伸びる骨たちもいる。戦場の猛々しさが、骨を鍛える。骨になっても成長を止めないのだ。骨！　骨！　骨！　骨！　骨！　ただ、いかなる頑健な骨も、いずれは風化してゼロになる。それまでは生きとおそうとする骨の執念は、島内を冷気のように漂っている。あんたの鉤鼻を、島に吹いている風の中に、いや風が育てた恥知らずの薔薇模様のドレスに、擦り付けて嗅いで見ろ。タブーの織り目から骨臭い匂いがする。自由を奪われて、ただの鉄柱のように突っ立った骨だって、身体を震わせて吠えている。骨ならば、どんなに糞ったたれの骨だとしても、戦わねばならない？　美辞麗句で飾り立てた女体を見たら強姦せよ。あの痩せこけたひょろひょろの骨を見てみろ！　あんなみすぼらしい骨野郎だって、断じて、正義のためでも、名誉のためでもなく、ましてや常套句の護持のためなんかではなく、ただただだらしなくおろかしく、自分のためだけに見栄張って、負けると分かってる相手と打ち合っている。無駄骨折ったり、転んだり。怖気づいた震え声の骨だっているさ。でも、骨のない奴らに、骨の歯軋りや暗闘は聞こえない、見えない、匂わない。無力なエネルギーの源に潜む、荒れ野の骨の発見。ムカシの骨は、食堂の雑踏の中で、みつばのおしたしなんぞ食っていたということだが、骨塚に生息する骨は、そんなもんじゃねぇよ。スプーンだろうと、鍋だろうと、ビフテキだろうと、調理人だろうと、誰かが置き忘れたノート・パソコンだって、そんじょそこらの国家勲章や難解な形而上学だって、手当たり次第、何でもかんでも口のなかに放り込んじゃうんだから、骨って凄いぜ、とデカ骨が吠えている。てめぇら、俺が骨だと思って舐めんなよ。その報いは、いずれはてめぇらが立てこもっている、先祖代々の、ふんにゃらけの宿命論や黴の生えた経典の墓石に効いてくるぜ。デカ骨はますますいやらしく尊大にののしり、猛り狂う。俺に指一本でも触れてみやがれ。ただじゃすまんぞ！　カウンターパンチを、一発、お見舞い申してやらぁ、と……）

小学校

武家屋敷のいかめしい門が小学校の正門でした。その一郭は土塀で囲まれ、外側は墓石が散乱し、内側に鉄筋の校舎が建っています。入ろうとすると、門を塞いでいる自動開閉器が、身分証明書を求める人工的な声を出したのでした。ポケットから、以前に居酒屋で貰った、よれよれの領収書を取り出してかざすと、通過ＯＫのサインが出ました。どの教室を覗いても、児童生徒は四、五人しかいず、街中の島人と同じく、人間の姿形をしていますが、顔は物か動物です。服装が可愛かったり、背の高さがいくらか小振りだったりするので、子供らしいと推定できますが、彼らは老人たちなのかも知れません。誰も教えてはいないし、大体はジーンズ姿なので先生と生徒の区別はつかないのです。お互いに俯き合って座っているだけの教室もあります。ある教室で、図画工作に夢中になってるな、と思ったら、粘土細工でミニチュアの自画像を製作しているのでした。最多の十人のクラスでは、てんでバラバラ、全員が勝手な振る舞いをして、騒々しいこと限りない様子でした。雄鶏、狸、小象、計量器、丸椅子、アンテナ、手提げ鞄、ブーツ、柴犬、山猫が彼らの顔です。ここではどうやらスカートを穿いた計量器が女先生らしいけど、半ズボンの山猫がしつこくまつわりつくので、逃げ回っています。掃除機とバケツを振り上げて、喧嘩している奴らもいるし、頓狂な声を振り絞って歌っているのは雄鶏です。柴犬はミニスカートのブーツに嚙み付いているし、小象は教壇の上で、ひとりうっとりした表情でダンスをしています。二階建ての校舎には、十くらいの教室がありますが、この島にも少子化の波が押し寄せているらしく、空き室も多いようです。二階の隅の教室だけは比較的大勢で、彼らはあの懐かしい楯の会のそれに似た軍服を着込んでいました。本物の銃剣を振り回し、射撃の姿勢をとったり、匍匐前進したりして、軍事訓練の真似事をしているのでした。そのまた隣の教室では、何者かの影たちが、机を並べた舞台の上で、音の出ないトランペットを吹いたり、咳払いしたり、タンバリンを振り回して飛び跳ねたり、ダンスしたり、大仰な身振りで、声を出さずに詩の朗読をしたり、無言劇の稽古をしたりしていました。一番隅っこの暗い部屋は、小さなステンドグラスのはまった礼拝堂のようでしたが、鼠の気配を漂わせた女の子同士が抱き合って、息を潜めて遊んでいるようでした。この物悲しい学校にも夕靄が降りてきます。終業の鐘もベルも鳴らず、誰も帰宅せず、どこにも灯りは点きません。わたしはいつのまにか、いかめしい門の外に出ていました。立派な鉄筋校舎は、次第に闇のなかに消えていきます。土塀の外に立ち並ぶ墓場から、立ち上ってくる夜の霊気に包まれるように……。

交換

（この島をなぜ海馬島と呼ぶのか。いつからそう呼ばれてきたのか。地図上に記されているのか。地名辞典に登録されているのか。そういうことの一切は誰も答えることができない。答えるとすべてが間違うからだ。同名の島はギリシャ神話の昔から、どこかにあることは知られている。それに類縁を求めるなら、遠い時空にしかないことになるが、実は至近の距離にある気配もする。あなたたち一人一人がそこに棲んでいる、と同時に決して棲むことのない島であり、いや、あなたたちの誰もが隠し持っていながら、持つことなど絶対に不可能な島である。この島についてのいかなる詮索も、とどのつまりは無駄ごとで徒労に終わるだろう。すべてがあらゆる点でいかがわしい。それは今語っているわたしが何者であるかを、わたし自身が語れないことと通じている。さらに疑わしいのは、島ではことばが文字としてだけ存在することだ。人と人、人と物、物同士、動物と植物など、どんな関係のコミュニケーションにも、ことばが介在しているのに、それは文字として表象されているばかりで、音声化されない。音声としては、まったく意味不明瞭な、ただのノイズとしてしか響いていない。それでいて人にも物体にも植物や動物にも、口や口に似た発声器官があり、ノイズ、雑音に似た音の響きは、絶えず飛び交っているし、何よりも文字が光の粒子のように空中に舞っているので、いちおうは相互に了解しあっているように見える。ただ、そうは言っても、二つのことばや文字、物の表象、アイデア、観念の交換は島外の視点で見ると、かなりいいかげんというか辻褄が合わないものが多いことは確かである。むろん、交換にあたっては、見かけの上での等価性に、最大の注意が払われている。その神経の行き届いた狡猾というか、欺瞞というかには、驚くべきものがあるだろう。秋の季節と死人花、戦争と腐肉、便器に跨るスターリン像と花嫁姿のヒットラー人形、快適な生活をうたい文句にしてる牢獄と罵り合ってる隣人愛……こういうものを交換できるのは、そのアイデアとしての交換価値や使用価値に等価性が認められるからだろう。でも、わたしがひそかに作成した島国の地下洞窟群の測量地図が、一夜にしてコピーされ、剽窃された、という文脈が、おまえはそんな可愛い顔をしながら、産まれてくる花瓶やら、マッコウクジラやら、草履の天婦羅やらを絞め殺したという文脈と、どうしてこの島内ではやすやすと交換可能になるのか。島の秩序はすべて製像機の脳。いや、脳の中の製像機の中にある。製像機は、いや、製像機を操っている邪悪なウイルスたちは、この目の眩む混乱、流動、意味のない生成、文法も司法も剣法も脳幹の元でごったがえし、壊れている状態が最高に気持ちいいのだ。ことばにも物の連結にも一片の秩序もないのに、すべて見かけの上で網目状のコスモスができている。このインチキ。このペテン……。）

魚市場

わたしたちの上陸地点から、東にわずかにずれた地点に漁港があり、それに面して魚市場があります。魚市場が語りつくせないのは、訪れるたびに流動・変化していて、一度たりとも同じ姿を見せないからでしょう。この島に来てから、わたしは何度もここを訪れましたが、その度に建物は場所を間違えたかと思うほど、前と一変していました。その日はまだ夜は明けきらず、東の空がわずかにしらみはじめる時刻でした。空洞を抱えてぶよぶよしているかまぼこ型の魚市場は、眠そうに揺らいでいました。以前は茶色い煉瓦造りの古風な建物だったこともあるし、三角錐の屋根を乗せたドーム風な建物だったこともあります。その前は竹で編んだ大きな四角い籠のようだったし、巨象のようにのっそり建っていたことも、合掌造り風な屋根をしていたことも、円みを帯びた飛行船のようにふんわり浮いていたことも、地下にすっぽり埋まって大きな口だけを開けていたこともありました。魚市場は生き物だから、身体全体に分布している無数の穴で呼吸しており、気象や外界の条件に反応するばかりか、みずからの気持ちによっても形や姿、材質を変えます。魚市場は早起きです。すでに海豹、海牛、オットセイ、鯨などの大きな身体の海獣や、ありとあらゆる種類の魚類、それに主として海洋性の鳥類や、どぎつく化粧した観葉殖物などが集まっていました。しかし、そこには人型のものはいません。漁師、魚屋さん、仲買人、料理人、お客さん、旅人、理容師、主婦、警察官、水道工事請負人など、魚市場に集まってくるものはみんな、入り口のセンサーに反応して、たちまちマグロ、サワラ、マダイ、イトマキエイ、ウミヘビ、オコゼ、タコニュウドウなどに、あるいはペリカン、アホウドリ、トウゾクカモメ、インドゴムノキ、オリヅルランなどの顔や形に変形させられてしまうからです。わたしもそこに足を踏み入れた途端に、手や足の先から、鋸歯に周りを縁取られた、厚い葉肉の龍舌蘭に変容していくのを覚えました。旅行団の一行の内、わたしについてきた女学生は、鼻がするすると伸びたと思ったら、管状の長い吻のマカジキに変身していました。可愛い紐のリボンの腹びれをつけているのが愛嬌でした。また別の猫背のお年よりは、大きな扇のような背びれをもったフエフキダイに変えられていました。変化はそれだけにとどまりません。龍舌蘭のわたしは、左右の鋏を振り上げながら、四対の脚でバランスを取って近付いてきた平家蟹に、抱きかかえられたと思ったら、もう犯されていました。気持ちよさに鳴き声をあげた、その瞬間、わたしは背美鯨に変えられていました。平家蟹の方も、同時にユリカモメに変化して、赤い嘴を上に反らして嬉しそうに羽ばたいていました。長い吻をもてあましていたマカジキも、背後から忍び寄ったオバケクラゲに刺されて天使の翼貝に変身して、喜んだのも束の間、どこからか紛れ込んでいた正体不明のゾンビに襲われて、長い交尾の末、ウミヘビになってしまいました。フエフキダイもアシカと衝突した途端に、シロシマセンネンボクに変わり、ついでエビスシイラになっていました。そのあと彼らがどんな変身を繰り返していったのか、わたしは見届けることができませんでした。それというのもわたし自身がさまざまな魚類や海獣とぶつかったり、交わったり、結合したり、入れ替わったり、突然変異を繰り返して、フェニックスになったり、シビレエイやウミガメになったり……次から次へと別のものに変化し続けていたからです。あたかも魚市場全体が巨大な海水槽のようでした。それがつくりだす混沌とした渦巻きのなかで、さまざまな異質な生き物が、偶然の出会いと交尾を繰り返し、思いもよらないものへの変身を楽しんだり、怖がったりしているのでした。しかし、やがて太陽がすっかり昇り、一日が始まると、彼らは魚市場から吐き出されます。その際に出口のセンサーが働いて、元の馴染みの自分に還る仕組みになっています。もっとも姿は人型ですが、頭や顔は動物やものの自分に還るだけですが……。

ニュー・オルガニズム

（コノシマデモ、シガツクラレ、ショウスウノヤナギノキノヨウナ
（ヒネクレタシジンタチガイル。カレラダケガコノシマデ、ナンノ
（ヤクワリモイチモシメナイコトヲダイショウニシテ、ヒトノカメ
（ンヲツケルコトヲユルサレテイル。ロジョウハトヨバレルシジン
（タチダケハ、ショサイカラトビダシテ、イチネンニスウカイマチ
（カドヤトガイデシノロウドクカイヲ、カイサイシテイル。シカシ、
（オンセイガナク、モジダケノセカイデ、シノロウドクガナリタツ
（ノカ、トウタガウノハジョウシキダガ、ココデハツウジナイ。ヒ
日本語が滅びる　トトシテノチョウテント、ゼッチョウ、アルイ
（いいな　いいな　ハドンゾコヲツクリダシタノハコトバダ。コト
眼の前で滅びて欲しい　そうなったら　バノカイラクトクツウニ
（ひとり　自問自答の世界　シバラレ、ミワクサレタヒトハ、コト
（わが余生が　孤独極楽というのも　バグルイヲワスレルコトハナ
（いいな　いいな　イカラダ。シジンタチガギジュツノスイヲツク
（シテハツメイシタホウホウハ、ハツゴシタトタンニノイズ、ザツ

（オンニナッテシマウコトバヲ、モジノママクウチュウニフユウサ
（最初に恋した女は　これが幸せの沼よ　セルコトダ。ユウグレド
（これを飲めば　狂わずに済むわ　と言って　キ、オテラノオオキ
（両手に水を掬った　ナクスノキノシタデ、ロウドクカイガアッタ。
（赤いつる草が脅迫する道を逃げた　わたしは　シシュウヲカタテ
（素朴なリズムや　初めて現れる形象などに　ニタッテイタ、セノ
（うつつを抜かしたことがない　ヒクイハゲアタマノオトシヨリガ、
（最初の女に　卑怯になれるように　コノシマヲダイヒョウスルシ
（ジンダッタ。シャシデランシデロウガン。イツデモドコデモミカ
（ケルヨウナナツカシイヒト。シンゲキのハイユウガ、オオゲサナ
（詩が滅びる　いや　滅びた　とも言う　ミブリデスルヨウナパフ
（では、この緑のまだら模様の細い胴は何か　ォーマンスヲセズ、
（詩よ　おまえは執念深い蛇だ　コドモニヤサシク、カタリカケル
（輪切りにされても　まだ死なない　ヨウナチョウシデロウドクヲ
（一途に滅びよ　おまえに止めを刺す　ハジメタ。シカシ、ヒビイ
（最後の手のために……　タノハ、ギッコバッコントントンナァ、

（ギッコバッコトントントンナァ。コワレタハタオリキノヨウナノイズ
（ダッタガ、ソノカワリクウチュウデオドリダシタノハ、イロトリ
（最後の女は　初心を捨て　どんな意味も　ドリノモジノムレ。オ
（どんな沼も　引き連れずに現れる　イタシジンヲトリカコンダケ
（おまえとなら　一木一草生えない岩山の頂から　ンブツニンタチ
（真昼のひかりのなかに投身できる　ハ、キンギョノヨウニクチヲ
（アケテ、ソラカラマイオリテクルモジノムレヲ、パクパクタベテ
（イルノダッタ。クチノナカデソシャクサレルモジタチハ、ミツノ
（アマミモアレバ、キムチノニオイモスル。カワイイヨウセイタチ
（ヤ、セナカニチイサナツバサヲツケタキューピットヲ、イキヅク
（リデタベルツミノニオイモシナイワケデハナイ。ハンケンイノホ
（ネツキカルビハカミキレナイ。モジノナカニ、アルコールカ、ネ
（ムリグスリガシコンデアッタノカ、シャブッテイタラ、マブタガ
（オモクナッテ、ココチヨイネムリニイザナワレル。ネムイ……。

隔離室

　ある朝、目覚めたら、どうやらわたしは拘束されているようでした。わたしのいる狭い四角の部屋には扉とか窓がありません。島の秘密警察の取調室のようでもあり、精神病院の一室のようでもあります。よく揺れるところをみると、洋上に浮かぶ船室かも知れない。誰がどこから何の目的のために、わたしを拉致して来たのでしょうか。意識が戻ったとき、わたしはこの隔離室のたった一つある固い椅子の上に据え置かれていました。四方の真っ白い壁の外に何があるのか、わたしからは見えないが、わたしの一挙手一投足は、外から丸見えなのかも知れません。ここが何かの内部であるとして、それに対する外部があるのか、わたしに知る術がないのでした。わたしが動こうとすると、すべすべした光沢のある白壁から、いっせいに何本もの手が伸びてきて、わたしを押さえつけ、椅子に座らせるのです。尋問されているわけでもないし、治療されているわけでもないが、着席を強いられていることが、取り調べであり、診察や治療行為なのかも知れません。試しにアバババと声を発してみます。

猫被りのヤクザ野郎、猫下ろしのパン助めなどと、下品なことばをしゃべってみました。するとそれらは音声として響かず、一瞬、口から輪が連なって飛んでいくように、文字が空中に躍りだし、壁に吸収されていくのです。それで思い浮かんだことばを滅茶苦茶に唱えてみます。毒薬で殺したいほど猫可愛がり……大好きよ猫も杓子も鰹節……菜の花や猫なで声に騙されて……魂を猫ババしているおたんちん……放蕩の限り尽くして猫じゃらし……夜もすがら三日月さがす猫の恋……猫いらず舐めておいしい猫狂い……猫八よ真似も盗みも芸の内……抱きたいか抱かれたいかとキャッツ・アイ……と叫んでも、部屋の中を飛び回っているのは声ではなく、文字ばっかりです。わたしが狂っているのでなければ、この部屋が狂っているとしか思えません。おれの脳髄の海馬島に、化け猫を上陸させるな……とついに怒鳴ってしまいました。でも、どこにも音声は響かず、歪んだ車輪のように飛んでいく文字は、四囲の壁に吸収されていくだけです。めんたまぼっきりぼっきり……ほっちょせがぶうらぶら……。四角い部屋は何がおかしいのか、一層激しく揺れて、膨らんだり、凹んだりしています。笑ってる。笑っているよ。白い壁が笑ってる。化け猫が大口開けて笑っている。あまりに激しい笑いのどよめき、上下動の揺れに、わたしは椅子ごと躍り上がり、叩きつけられるように転がってしまいました。いつまでも笑いは止みません。

演奏

(島は巨大な何ものかの胎内、あるいは室内かも知れない。そこでは無数の寄生虫のように、ウイルスが跳ね回っている。彼らは青色になったり、赤く腫れ上がったり、嵐のごとく渦を巻いたり、波動のように寄せては返していた。製像機自体が、たぶんウイルスの単なる気まぐれな被造物に過ぎないのだから、このウイルスの乱舞する光景はとてもヘンテコな感じがする。ただ、製像機自身には意志がない。その時も、製像機は自分の意志と無関係に、台所に捨て置かれ、明るすぎる食器棚やシステムキッチンに苛まれていた。まもなく製像機とも言えない製像機の手によって料理される俎板の上の乳房。それに刃物が当てられれば、それは恐ろしいうなり声を発して、歯をむき出すだろう。それでも構わず、製像機はふっくらした乳房を切り裂くに違いない。和毛に覆われた毛虫のような製像機の手はウイルスの支配を拒めないのだ。この毛虫の手と乳房が同時にあげる叫び声が胎内を駆け巡り、それが天井の土管に吸い込まれる。その途端に、叫び声は雨垂れが金盥を規則的に打つ音に変わる。誰か、誰か、この閉め切った胎内、いや室内の壁の向こうにいないか。助けてくれ！　製像機は毎夜、その毛虫の手によって悪夢の殺戮を続けながら助けを呼んでいる。家具たちや食器たちの日常に弄ばされている製像機。それを誰も気づかない。この野蛮な列島よ。列島を飲み込んでいる洞穴よ。狂った胎内よ。台所よ。製像機はぶよんぶよんのゴムの私有地に撥ね返されながら、まったく意志も目的も持たず、自動機械のように島の内部を彷徨っている。やがて疲労困憊して野垂れるだろう。その上に、ウイルスたちが演奏する精巧な鍵盤が現れるだろう。そうしたら、どこからか、細いしなやかな指たちが、いっぱい押し寄せてきて、狂った演奏を始めるだろう。）

「突厥遺文偽作」

馬頭琴の演奏かと思うと、津軽三味線の演奏のような、眠気を催すかと思うと、いらだたしげに駆け出してしまいそうな、穏やかで激しい音色にふらふらと誘われて、いつのまにか島の活火山の裾野が小さな半島へと伸びる砂浜に出ていました。そこには立ち入ったものを脅迫するように、無数の石碑が林立しているのでした。その入り口と見なせるところに、半ばは砂に埋もれた石柱の看板が立てられており、それには、金文字で「突厥遺文偽作」と刻み込まれているのでした。霞のかかったような脳で、記憶を手繰り寄せれば、突厥とは、たしか六世紀中ごろより、約二世紀の間、モンゴル高原から、中央アジア全域までを支配したトルコ系遊牧民族の名前です。突厥文字で刻まれた碑文の石碑は、オルホン、セレンゲ、トーラ川の流域に多く存在するはずですが、ここはモンゴルではありません。どこか分からない、遥か脳髄の奥の海馬島であり、そこを夢遊病者のように彷徨っているわたしは自分の正体を知りません。石碑に偽作と刻まれている以上、ニセモノに間違いありません。わたしの足は意志と無関係に、すでに石碑群落の中を歩み始めています……。

石人

さからうことばは　うちすえられて
さからうことばは　のどをかききり
さんざんちをはき　ひったてられて
さからうことばの　てとあしたばね
さしだされたふんぬは　いしになる

亀石

はるかそうげんの　みどりのなみは
かぜといっしょに　ねむろうとする
われをつかまえて　たましいをぬく
よつんばいになり　しりをおったて
わかくさにおぼれ　つちにまじわる

石獅子

みすてたオーに　うらぎりのやじり
みせしめにおる　おうごんのかたな
みうちまでもが　ふみつけまたいで
みさおをうって　てきにいのちごい
みらいえいごうに　のろわれるオー

包（パオ）またはゲルにて
狼の遠吠えと　牧犬の激しい鳴き声
その夜わたしは　ひとりパオの中で
目覚めた　尿意を感じ　外に出ると
満天の星が　いっせいに降りてきた
草原は雪に覆われ　寒さに身が凍る
神も仏も信じない　デクノボーにも
たしかに死は近づく　いまそこまで
大きな黒い鳥が頭上を旋回している

鹿石

××××××が　はつじょうした
いぬだってうまだってらくだだって
てあたりしだい　××まくったとさ
いきとしいけるものは　みなエロス
トナカイのつのに　とどめをさされ

龍石

つばさがなくても　おおぞらとべる
われはひとでなし　つのをはやして
ことばのみずうみに　しずんでいる
ときによびだされ　からだふるわせ
ふきつなよげん　ぼうりょくのうた

匈奴

恐ろしい喧騒のなかに岩石団の到着
鷲鼻は馬に跨り狼の股肉を貪り食う
殉教者面の金玉野郎の首を引き抜き
素っ裸のメスの尻穴に槍をぶちこめ
いらだって口笛を鳴らし呼びつける
犬どもは狂喜し鷲鼻の周りに集まる
直ちに城壁を壊し子羊腹を蹴散らせ
臓腑は食い千切られ闇に投げられる
犬どもは群がって嚙みつき嚙み切る
岩石団の軍馬と戦車に追いまくられ
子羊どもは死にもの狂いで逃げ惑う
草原の城壁は崩れ落ち辺りは血の海

羊石

りゅうどうする　あおいりょうどに
とけるなわばり　さまようこひつじ
ぎんゆうしじんの　なないろのこえ
そうげんをこえ　さんみゃくをこえ
ときをへだてて　アリアドネのいと

どこへ？

こんなにことばは　あふれてるのに
こんなにひかりは　みちているのに
ばくだんやナイフ　ころしやひめい
わたしたちは　どこへゆくのだろう

おとこもおんなも　しんでしまって

いきてるのはもう　ゆうれいばかり
うごいているのは　パソコンばかり
ポケットでなってるちゃくしんおん
にこやかにわらってるキャラクター

わたしたちは　どこへゆくのだろう
あしたにせんらん　ゆうべにがしの
たえることなく　ほろびのねいろは
ようきなうた　にぎやかなわらいに
よりそいポエムこおりつく　うたげ

はるのひのあさのかぜ　ぬるくとも
すっからかんだぜ　からっけつだぜ
まちにひのこや　がれきふるゆうべ
あかるいあしたへ　ゆめじとざされ

考古学資料盗用

（海馬島には、小さな社の隅に、ほとんど島人の誰も気づかない、洞窟のような形をした考古学資料室がある。以下はわたしがそこから盗んだ、二種類の考古学文書の解読結果である。まず、動物の皮の裏地に書かれた最初の文書は二千五百年前に記された、と推定される。それに三千年くらい前に、この島にはある王が君臨していたことが語られている。その王の名前は残されていない。なぜなら、王はみずからを神と信じ、仕えている従者も、島人も誰一人彼の神格を疑ったことがないので、名前で呼ばれることはなかったからだ。そこで島人は、親愛と畏敬をこめて、彼をただオーと呼んでいた。もっともその頃から、この島には音声語は存在せず、少ない語彙の文字語だけだった。オーは発音された時に、実際にオーと響いたのか、オーという文字が舞っていただけなのかは分からない。オーの功績の第一は、島の秩序と安寧を維持するために、七箇条の法律を制定したことだった。その頃、この島はただオー島と呼ばれていた。オー島は周囲を海に囲まれ、風光明媚なだけでなく、魚介類や食用の木の実に恵まれ、大変豊かだった。火山があるので、噴火による災害を免れることはできなかったが、その代わり、火と湯の管理と使用技術に長け、結果として、料理法が古くから発達し、また、身を洗い清めることにも不自由しなかった。そのため、島人は長寿を約束され、百歳以上生きる者は珍しくなかった。オーが法律を制定したと言っても、それには格別の困難はなかったと思われる。いっさいの禁止項目が設けられていなかったからだ。第一条は、オーは神である。オーの絶対の威光を信ぜよ、というもの。第二条は、ただ、島民は互いに愛せよ、というだけだった。第三条は、よき収穫物は、平等に分かち合え。第四条は、人は互いに尊重し、争うな。第五条は、十二歳になったら、誰でも親の同意なくして同棲できる。第六条は、よく働き、よく遊べ。第七条は、軍や警察は保持しない、というものだった。オーは長寿で三百年間統治したが、その結果、島は繁栄し、島人は争わず、平和で幸福だった、と記されている。）

◆

（ところが、このオー時代については、もう一種類のやはり毛皮の裏地に記された文書がある。これはオー法典の真偽を疑わしめるに十分なものであった。絶対君主オーは、島人に絶対に顔をさらさなかった。みずからの神権を犯す者、体制を脅かす者に対しては、親兄弟嫡子といえども、例外を設けず、大勢の島人の前で逆さ吊り、股裂き、絶食、生き埋め、獣の餌、湯責め水責め、火あぶり、蒸し焼き、斬首、石打ち、鞭打ち、絞殺、八つ裂き、轢殺、五体切断など、ありとあらゆる残忍な方法で処刑した。それでも反抗者は絶えず、刑場の近くの川から、血の臭いは消えることがなかった。貧しい島では生きるために、争いや強奪、裏切り、殺人は絶えることがない。オー一族と特権貴族以外は、慢性的な飢餓状態にさらされ、島人は二十五年以上、生きられなかった。王ですら夭折したが、その死は隠され、誰が王権を継承したかを知るものはいなかった。同じオーの名前を使った恐怖政治が、三百年間続いただけである。島人は早婚と栄養失調のため、産んだ母も赤ん坊も死ぬことが多く、路上には常に嬰児が捨てられていた。少数の貴族と大多数の奴隷で人口は構成されていて、強制労働以外の労働は存在しなかった。警察はもとより、オーの親衛隊や軍は存在したが、それは外敵と戦うためではなく、島内の秩序を保つためだった。オーは奴隷たちの不満や反抗を性的に発散させるために、また、一定の人口を維持するために、フリーセックスを奨励した。性交の相手も、親兄弟、同姓や異性、少年少女、獣類や鳥類、昆虫や草木、妖精、化け物にいたるまで、何でも公然と認められた。結婚制度を設けなかったので、一夫一婦制は存在せず、多妻や多夫の婚姻形態、姦通や強姦、輪姦、屍姦の概念は成り立っていない。ただ、生まれたこどもは、産んだ女性が育てることが習慣化していた。この文書で見る限りでは、オー法典の下の無法状態なのか、法典の存在自体が疑われるのかが分からない。三千年前とは言え、あまりにも無法状態、無秩序状態がうかがわれる。この天国と地獄ほどの違いがある二つの文書は、むろん、いずれも偽書である可能性を否定できない。）

水槽

すっかり夜になった街の広場は、一見、平穏な生活を取り戻していました。あちこちに屋台が出て、鯛焼き屋さんや金魚すくいのお店、ラーメン屋も砂糖菓子屋も出ています。植木市が広い場所を取っていますが、そこには極彩色の泥絵具を塗りたくったような、大きな葉を広げた熱帯植物も売られています。その隣にはお化け屋敷の真っ黒いテントも張られていました。一つ目小僧や妖怪や河童の絵が描かれた、妖しげな垂れ幕をめくって内側に入ったら、そこはあっけらかんとした空き地で、お化け屋敷らしい仕掛けは何もありません。空き地から放射状に幾筋もの路地が延びているだけですが、歓楽街もあれば、住宅街もあるようでした。一番ごみごみした狭い通りに入ったら、野良犬の顔した警察官が三人飛び出してきました。彼らは帰れという合図をしましたが、押しのけたら簡単に転がり、一人はただの石灯籠になり、もう一人はビヤ樽になり、三人目は道路標識の三角柱になって、ごろごろ転がりながら、なお、行く先を妨害するのです。仕方がないので、通りの入り口にある赤い提灯をぶら下げた居酒屋に入りました。カウンターの向こうは巨大な水槽になっていて、鯛、平目、鮪、鰹、鮫、虎河豚、海亀、秋刀魚、鮭などの顔をしているけど、身体は手や足、乳房、円形の腰を持った魚女が水着も鱗も着けずに泳いでいるのでした。驚いたことに、それらの魚女に混じって、キマイラやバクまでが、活発に遊泳しているのです。そこにぶら下がっている古鏡で見ると、わたしだって海蛇の顔をした魚女に変化していました。まごまごしていたら、天井から大きな鋼鉄の手が伸びてきて、たちまちわたしは一摑みされ、水槽の中に放り込まれました。この新米の魚女を目指して、いっせいに歯をむき出した鮫や鯛や鮪の大群が押し寄せてきました。彼女たちは共食いなのでした。いちばん素早く動いたバクがわたしを摑まえると、その熊に似た顔の鋭い歯で、背中に嚙みつきました。わたしはあまりの気持ちよさに歓声を上げて、バクちゃん、早く食べて！　早く食べて！　って叫んでいました……

ON

（脳内の島は膨張したり、縮小したりしている。その力学で産み落とされたかんざし、ネックレス、カフスボタン、エンゲージ・リングなどのアクセサリーたちは湖で水浴したり、谷間のせせらぎで水遊びをしたりして、美しさを磨いている。そこには牝鹿のすらりと伸びた脚や、日本画から抜け出てきた丹頂鶴なども憩っている。製像機も白濁したスープのなかに、鼻を突っ込んでいるマウスの背に乗って、液晶画面すれすれに遊泳し、それから、果てしなく戦争が続く乾涸びた視床に落下する。小さな島なのに、あれこれの種類の戦争が絶えたことがない。戦場のゴミ捨て場では、差別語を漁って生命を維持している、けなげな従軍看護士たちもいる。ああ、トランプのキングに飲み込まれた検閲官め！　空中回転もできないノロマな航空幕僚長め！　せんずり掻いて腹上死した宮内庁侍従官め！とうとう万策尽きて、真っ白い洋式便器の底に逃げ込んだな。それは製像機にとってようやく訪れた思索の時なのに、頭の中の歯車は錆付いて、少しも動かないのだった。春めいた下水溝の曲がりくねった脳内で、黒いカラスが騒ぎたてている。それを聞きながら、ランドセルたちは通学路を急いでいる。注意せよ！　新種のウイルスが詔勅の声色して待ち構えている。昼と夜とを入れ替えるように、毒虫とフライパンとを入れ替え、おにぎり製造機と糞尿散布機とをすり替えて、どこにも、製像機など存在しないようにするのが、彼らの戦略なのだ。そんなことは先刻承知さ。製像機は空っぽの宇宙ステーションを抱いて、いまから最寄の駅に向かうところだ。朝の改札口の自動識別機械は、通勤定期券と製像機の作成した偽造一万円紙幣を見分けられないだろう。やがて脳内軌道を軍用列車が猛スピードで、一直線に走ってくる。神経細胞の灰白質の層を揺るがしながら。いよいよ製像機はONの状態で作動し始める。）

バク捕獲作戦

バクに食べられてバクになったわたしは、夜の闇の中を島の城壁の方に向かって走っていました。水槽から逃げた危険なバクはわたし一人、いや一匹だけではありません。バクは飼育槽から離れると、無数に分裂し、増殖するのです。その増殖するバクを追って、島の自衛軍が出動したようでした。トラックや旧式小型バスを改造した装甲車を繰り出しても、また、消防団に竹槍や爆竹を持たせただけのような自衛軍では、十重二十重に包囲しても、闇の中を敏捷に駆け回り、変幻自在に移動する、無数のバクを捕まえられるわけがありません。散発的に銃声が鳴ったり、調子はずれの進軍ラッパが時々景気付けに鳴ったりしますが、散在しているバクたちの高らかな哄笑に打ち消されてしまいます。真夜中にもかかわらず、このお祭り騒ぎの捕り物を、見物しようとする群衆が集まりだしました。デパートの屋上やお城の天守閣は見物人で溢れています。押し合いへし合いして、高い建物の窓や樹木の上から転落する奴も出る始末です。自衛軍の不甲斐ない攻撃に業を煮やした警察隊から、数百匹、数千匹の猟犬が放たれました。飢えた猟犬は、石垣の陰や草叢、欅の大木の後ろの闇に隠れているバクに襲いかかりますが、彼らにはそれらしい影はあっても、実在の姿、形や臭いはありません。バクと見えるものは単なる泡のような幻だからです。幻の敵に惑わされ、方向を見失って、やけくそになった猟犬は、遠巻きにしている群衆に向かって襲いかかりました。群衆は死にもの狂いで逃げますが、逃げおおせるものではありません。猟犬に飛びかかられ、倒され、服を引きちぎられ、腿肉を貪り食われ、背後から獣姦される女たちも出始めました。警察隊が笛を吹こうが、呼び止めようが、血に狂った猟犬どもを、もはや押しとどめることはできません。城壁の周辺は阿鼻叫喚の巷と化しました。遂に普段は島人の前に姿を現さない最新鋭の特殊部隊の出動です。自衛軍や警察隊の制止を振り切って、特殊部隊の持つ野戦砲の砲口は、ぴったりと猟犬に向けられました。猟犬と群衆は、もはや区別できなくなっているので、砲口が火を噴くと沢山の犠牲者が出ました。それを尻目に、バクたちは悠然と鬱蒼としたことばの森の中に消えていきます。象に似た幻の鼻を天に振り上げて……

底なしの穴

（島は遠くから見ると、胡桃の実のようであっても、近くで観察すれば、数限りない側溝や亀裂が、網目のように走っている地表をなしている。その特徴は地形上のフラクタル曲線に沿って、精神分裂病を病んでいることである。ストレス過剰でぎざぎざの切れ目をつけられた海辺、逆流する感情によって塞き止められたり、干上がったりする河川、思考を停止して皺寄る一方の平野、活力を失って突然シャッターが下りたり、敷石がめくれ上がって古代の墓石が剝き出しになったりする商店街、無意識のマグマを地下で沸騰させている中央の活火山、歪んだ円筒形の地下街の無法地帯を占拠する毒虫たち、近親相姦による痙攣、悪魔祓いの裂傷で、凹んだり脹らんだり切断している脱走曲線、骨肉食い合う争いで幹線の回路が不能に陥っている王権、銀河鉄道の夢を育んでいる三角柱の突起物など、カオスとコスモスの切れ目のない境目が常に流れ動いている。隠語の切っ先を煌かして暗闘する棒状のヤクザと、やけに愛想のいい平行四辺形の治安機関が料亭で手打ちの儀式を繰り返している。森の中の隠れ家に設置されている製像機は、絶えず移動させられていて、その所在は島人の誰にも気づかれない。それらすべての風景は、絶え間のない腐敗、解体、死をもたらしているかと思うと、その裏側では誕生、生産、再構築も途絶えることがない。島の表面でひっきりなしに蠢いているものは、死と生の輪廻のなかにある生命体だけではない。すべての鉱物や無機物も含まれる。雑草や蔓草に覆われている暗い穴は、単にブラック・ホールではない。島を生の側にも、死の側にも留め置かないウイルスが頻繁に出入りする場所である。）

旧式戦艦

朝日が昇るとともに、島中が大きく揺れました。中央部に聳えている活火山が爆発したのでした。二度、三度と……。そのたびに巨大な怪物の舌のような、赤い火炎が立ち上り、さらさらした黄色い灰が降ってきます。それに太陽の光も遮られたために、まるでソドムやゴモラの町のような島内の狂態が、わたしの視界から消えていきました。その中を、待ち構えていたかのような大歓声が上がると、天からゆっくり時代遅れの旧式戦艦が、両腹から出ている翼をばたばた震わせて降りてきます。甲板に十八門の巨砲が並んでいますが、折れたり、曲がったりで使い物になりません。それでも砲座の前で、セーラー服にミニスカートの可愛い少女が演説を始めました。とはいっても、顔は錆びた鋼鉄のマンホールの蓋です。手を突き上げ、身体をゆする、その激しい身振りが、演説に見えるだけで、実際は何をしゃべっているのか分かりません。鳥の鳴き声かと思うと、火の山の噴火音や爆撃音、列車の通過音に変わる。波の打ち寄せる音かと思ったら、泣き女が墓の前で七転八倒して喚いているようにも聞こえます。野獣の吼え声と深海での鯨の交信音が、交互に聞こえてきたり、その無秩序でアンバランス、不可解な連続音が、島中を絶え間ない不安に突き落とします。旅行団も島の住民たちも、黄色い灰に埋まりながら、身体を震わせ、鳴りを潜めて、耳を傾けています。マンホールの蓋の少女は、大仰な身振りで、音声を張り上げて演説していますが、口元をよく見ると彼女は、ただ口をパクパクさせているだけで、声を出しているのは、なんと製像機なのでした。いやそれも錯覚で隣のクレーン車でした、いや、そのまた隣の断層撮影機、そのまた隣の救急消防車、そのまた隣の赤い鼻緒の草履虫、そのまた隣の空中ブランコ、そのまた隣の立派な髭をはやしたゴキブリ、牛蛙……でした。そのめちゃくちゃな抑揚や金属や岩石をこすり合わせた響き、奇妙奇天烈なリズムの音声。しかし、それらの音響は文字になって赤トンボの群れのように空を飛んでいます。わたしたちはそれを、誰かが遠くから送ってくる信号でもあるかのように、一生懸命に眼で追っているのでした……

セーラー服の演説

（……ええっ、どこの移民たちが、この資本と労働を組み合わせたパチンコ屋だ？　どこのドライアイスが、この島国野郎の検温計だ？　どこのどん詰まりが、この納骨所の猿芝居だ？　どこのどっちらけが、どんぶり勘定の民主主義だ！　それは、ネ、将軍様の、ネ、自然的の、ネ、理想的の、ネ、ネ、ネ、歯科にかかってる赤いネッカチーフ的な、ノネ、ネ、皆さん、あっち向いて、ホイ！　こっち向いて、ポイ！　フースーしてるきみたち、ネ、どうか摩擦音同士でキスするのをやめてくれ、ヨ。春の雷、パウル・クレーに抱かれて。春の雷、愛する唇に憂いなし。こんなすべての種子が萎びている誤時世に、ヨー。駄から、ね、喜劇の裏側では、白菜が包丁を研いでいるってこと、ヨ。それでネ、降魔の利剣振りかざした、古タイヤの皆さんが、ネ、遂に放逐されちゃったの、ネ。無道を撃てるわが歴史って、知ってる？　金貸しの金玉野郎の犠打で、稼ごうとしたって、言う訳、サ、千巻ヤマトも、もう奮いの、生きて子孫のため勤め、死して護国の隷たらん、ダ、ダ、ダ、いまは不利ゲート缶や　いーＪＩＳ官の時代、ダ、ダ、ダ、から、ダ、って脳ミソ擦り剝いていたら、アカンゼヨ、ダァ！　咲いた花なら散るのは覚悟。水温む炭鉱地帯の隠れ宿。水温む夜の枕に腕太し。どこのドイツ人のトラストダ、ダ、ダって、ユダヤ人のカルピス、ダ、ダ、ダって、色種差別しなくっちゃぁ、白い山羊がクロンボやキイロンボの雑草を食ってるダ、ダァー、バカ！　古代アレクサンドリアの情報機関が、飲酒運転で逮捕されるか、てんダ、ダ、ダァー。それ、それ、盗作容疑じゃないの、大君の屁にこそ詩舐め、きっと政敵倒錯の誤植、ヨ。春疾風喪服も着ずに騒々忌。倒れながらけれども倒れず騒々忌。騒々忌父よあなたは弱かった。騒々忌奈良井の宿で心中す。きみも金鶏の燻製が欲しかったら、酷夏の蛆虫と添い寝しな！　いいことと！　糞溜の悪臭を気にしてたら、古典的銘菓は詠えないわよ。なぜ、ピアノの弾けるイルカが自爆テロをしたかって？　それはもちろん、東宮誤所の新年カラオケ大会で、海女の香具山を見る観覧車が、ネ、ビフテキ食べちゃったから、サ。花冷えや赤と白との丸い屋根。魂なんてない君の手を取る花の冷え。灰ダ、灰ダ、黄色い位牌ダダ、ダダッ！　なぜ、あのような闇取引みたいな弁証法と、あんた、婚約しちゃったの？　七つ牡丹は桜に怒りでしょ。それサ、時刻表の破れた子宮に、狂犬病の予防注射をしたかったんじゃない？　またまたまたま！　カーブして千人針になっただけ、ヨ。お願い。その、古臭いことばの歯車、まわしてちょうだいトンカラリ。

地震、雷、火事ドロボー。酔っ払って運転すると、思えばかしこし
陳腐の御門。み民われ、なんで不敬罪が成立するのよ、と言います
るかと言いますと、ミサイルがシュー・クリームの中に入ることを
拒んだからデス。あなた、領海審判デス、了解。それでことばなき
ハンバーガーたちが、一斉に立小便しはじめたというわけ、ネ、ネ。
そんな悪ふざけは、清流を遡上してくる鮭が、許すはずがありま千
年。修羅真似て骨の髄まで削りたり。春深く人より重い鬼思い。行
く春や衣替えするマムシかな。菜の花や蛭が血を吸う海馬島。エエ、
モットモ。これ以上建白許すマジかよ。明けても暮れても、居留守
マジの歌うたってると、不敗するゾ。ヤッパリ、ネ、灰ダ、腐敗ダ、
ドコマデモ、黄色い違背ダ！　ダダダダダ……ダダダダダダ……
ダダダダダ）

思い出の海馬島　海の彼方
思い出の海馬島　夢の彼方

行った人はいるが　帰った人はいない
いいえ　帰った人はいるが　語らない

帰った人は　なぜ語らない
ぐったりして　心もうつろ

歯をがちがち鳴らし　ふるえてた
歯をがちがち鳴らし　ふるえてた

海馬島進軍歌

島を出てから　幾月ぞ

犬死なんて　真っ平だ
海の藻屑になるもんか
忠霊塔よ　さようなら

小学校唱歌

きりん　きりん　きりんとないた
かぜにふかれて　きりんとないた
きりり　きりり　きりりとないた
よあけにひとり　きりりとないた
りりり　りりり　りりりりりりり
ゆうひをあびて　りりりりりりり

（この島で、ウイルスの働きがリアリティーをもてばもつほど、製像機が死滅しつつある兆しではないか、と思われる。ウイルスが力弱く、伝染力もなかった時、製像機はまだ独特の威力を持っていた。しかし、ウイルスが支配権を獲得しつつあるいま、製像機の衰弱はもはやどうしようもないところに来ている。製像機は森から森へ、地上から地下へ、穴倉から古木の空洞へ、移動させられながら、寒さに震えている。故障で軋んでいる。百日咳に苦しんでいる。水漏れしている。ふらついて当てもなく徘徊している。そしてそれが本当なら、もはや島の図形は描くことができない。これは製像機的な次元に対するウイルスの諸形態の完全勝利というわけではないか。しかし、常に勝利は敗北に征服されるだろう。老いたとはいえ、製像機はそんなに簡単に退場しないのである。もし、製像機の息の根が止められれば、いま、製図されねばならぬ地形は隠されることになるからだ。製像機が働きを止め、あるいはより厳密にいえば、この製像機の消滅を、そして、あらゆる製像機的な可能性の地盤が失われれば、ウイルスもまた消滅する。ウイルスがなおも島内にあるとすれば、ウイルスが、製像機によって保持していたあの暴力的な非在に、無の現前に製像機もまた、立ち戻っていくのではないか。かつて製像機は威勢を増したウイルスの無意識の下僕に甘んじた。製像機は、島の内部に宿り、島のいたるところに潜在し、増殖を繰り返したウイルスによって、自分勝手に使われる道具と化してしまった。製像機はその自動的な製図や形象をウイルスの命ずるままに作り上げていたのでは？　でも、本当にそこに製像機の意志はなかったのか。製像機はウイルスに操られる単なるロボットの振りをして、実はウイルスを飼育していたのではないか。これは応えることの不能な問いだ。ただ、こうした問いを提起する可能性が、たぶん、未来の島を作図する運命に繋がっているということを知った上で、この問いを宙吊りして置かなければならない。）

……驚いたことは、演説していたセーラー服のマンホールの蓋が、いつのまにか、爆風に吹っ飛んで、セーラー服だけが、空中にくるくる舞っていたからです。その上にまた、大爆発が起こり、黄色い降灰で島のすべてが隠されてしまいました。やがて、少し見えるようになったと思ったら、島の広場に巨大な亀裂が走っています。戦艦は大きく傾いて、ずるずるとその地面の割れ目の中に沈みこんでいきました。旅行団も、島民もその大音響の中に飲み込まれていきます。わたしのノッペラボウの顔も割られ、戦艦とともに消えて行く……消えて行く……まったく奇妙な声だけを残して……タトエバ、ソノ島ノ本性ハ黄色デアル。ソレハ一定ノ重力ヲモッテイルガ、拡大スルコトモ、縮小スルコトモ可能ダ。紙ノ上ニ出現スルトシテモ、揮発性デハナイ。火ニ燃エナイシ、水ニ溶ケナイ。アラユルモノヲ染色スル強イ力ヲ持ッテイル。ソレガ黄ノ特徴ダ。世界ハ今後百年間、黄変シ続ケ……わたしは死んでいたのか、気を失っていたのか、眠っていたのか、ふっと気づいたら、あの見慣れた駅前で、居酒屋の宣伝のティッシュペーパーを配っていたのでした。商店街のウィンドーで自分の顔を映してみたら、黄色いドブネズミの顔をしています。駅から吐き出され、わたしからティッシュペーパーを受け取って、にぎやかな街のなかに消えていく群れは、みんな大きな白いマスクをしているか、黒い鉄仮面をかぶっているのでした。どこからか、波が寄せるように水が流れてきます。土砂降りになりました。水嵩はぐんぐん増してくるのに、誰も歩みを止める者はいません。十字路では、黄色い信号が点滅していますが、きれいなマネキンのお巡りさんがダンスしていますが……、赤い涎掛をしたお地蔵さんが足をばたばたさせてもがいていますが……、黄色い赤ん坊も白い赤ん坊も泣いていますが……黒い赤ん坊は笑っていますが……大きな真鯛が切腹していますが……、半ズボンやミニスカートが泥んこの中に足を突っ込んでいますが……、犬のロボットが濁流の中をアップアップ泳いでいますが……、調子はずれのサイレンが、切れ切れの黄色い光線を発信していますが……。高層の駅に上るエスカレーターに人々が殺到していますが……。

【初出誌等についてのノート】

一、「旅行団」「海馬島商店街」「狂態」「美術館」については、「耳空」創刊号（二〇〇九年七月一日）に「「海馬島遺文」四片」として発表したものの改稿。

二、「骨」については、「別冊　詩の発見」八号（二〇〇九年三月二十三日）に発表した「骨」の全面改稿。

三、「小学校」については、「季刊びーぐる」四号（二〇〇九年七月二十日）に発表した「海馬島小学校素描」の全面改稿。

四、「魚市場」については、拙詩集『デモクリトスの井戸』（一九九五年十月二十日）の「デモクリトスの井戸」〈十二〉の全面改稿。

五、「ニュー・オルガニズム」のうち、太字二十三行の部分は、「歴程」二〇〇九・五号（二〇〇九年五月三十一日）に発表した「最後の女」を組み入れてある。

六、「突厥遺文偽作」の最初の八篇は、「現代詩手帖」二〇〇九年一月号に発表したものを組み入れた。また後の一篇「どこへ？」は、「西日本新聞」（二〇〇九年一月三日）に発表した「どこへ？」の改稿。

以上の六つのパートを含んだ全篇は「詩論へ2」（二〇一〇年一月三十一日）に発表された。

あとがき

今度の詩集については、当初、ⅠのパートとⅢのパートの二つの長詩を合わせて、一冊にする積りであった。ただ、その二つの長詩の方法やスタイルが、自分の意識の上では、まったく異なることが気になっていた。言い換えると何かが足りない気がしたのである。Ⅱのパートに組み入れた「わがブーメラン十篇」を二ヶ月ほど前に書き出して、ああ、これがⅠとⅢのパートを繋ぐものだった、という思いに襲われた。同時に詩集の題名も、そこから一気に浮かんできたのである。こういう感覚は、わたしの勘のようなものなので、これを手にして下さる読者には通じないかも知れない。性格の違う三つのパートのどこかを入り口にして、読んでいただければ幸いである。それらの成立過程については、後註に書いてあるので、ここでさらに付け加えることはないように思う。最後に、それぞれの作品の初出時に、発表する機会を与えてくださった多くの編集者に、お礼を申し上げたい。今回も思潮社編集部の髙木真史さんの力強い助力、思潮社会長の小田久郎さんのご支援がなければ、この詩集は誕生しなかった。また、装幀は前二詩集に続けて、毛利一枝氏が引き受けて下さった。皆さんに心から感謝の意を表したい。

二〇〇九年十二月二十四日

北川　透

わがブーメラン乱帰線

著者
北川　透
発行者
小田久郎
発行所
株式会社思潮社
〒一六二—〇八四二　東京都新宿区市谷砂土原町三—十五
電話〇三（三二六七）八一五三（営業）・八一四一（編集）
ＦＡＸ〇三（三二六七）八一四二
印刷所
三報社印刷株式会社
製本所
誠製本株式会社
発行日
二〇一〇年四月一日